KB045601

착해지는 기분이 들어

# 착해지는 기분이 들어

영화와 요리가 만드는 연결의 순간들

이은선 글·그림

arte

차 례

## 우리가 체온을 나눌 때

프롤로그

# 한 그릇의 요리를 준비하는 마음

언젠가 들었으나 누구에게서였는지 기억나지 않는 말이 있다. 아끼는 것을 떠올릴 때 다음 두 질문에 공통으로 '그렇다'라는 대답이 나와야 앞으로의 과정이 순탄하다는 것이다.

나는 이것을 좋아하는가. 그리고 이것도 나를 좋아하는가.

영화를 좋아하고, 영화를 창작하는 사람을 좋아하고, 거기에서 흘러나오는 이야기를 좋아해 지금의 직업을 택한 나는 사실 오래도록 이 질문 앞에서 서성였다. 나는 이야기를, 영화를, 그것을 창작하는 사람을 분명히 좋아한다. 하지만 질문을 역으로 뒤집었을 때의 답은 언제나 묘연했다. 그들도 나를 좋아하는가. 이건 또렷이 알 수 없었고, 종종 나를 무력하게 했다.

요리를 좋아하게 된 건 아마도 이런 이유에서였던 것 같다. 요리는 평가로부터, 실체를 알 수 없는 불안으로부터, 일상적 스트레스로부터 벗어날 수 있는 분명하고 창조적인 작업이었다. 누구와 상처를 주고받을 필요 없이 조용히 혼자 골몰하다 보면 결과물이 나오게 되어 있는 행위. 요리를 할 때는 실패에 대한 초조함, 낯섦에 대한 공포 같은 게 별로 없었다. 내 글과 말이 누군가의 인생에 어느 정도의 깊이로 가닿는지는 알 수 없지만, 식탁에 차려낸 요리가 나 자신을 혹은 마주 앉아 있는 사람을 어느 정도로 기쁘게 만드는지는 즉각적으로 알 수 있었다. 요리는 불확실한 매일에 시달리는 내게 확실한 행복을 주었다.

'정성껏'이라는 단어를 좋아한다. 내게 음식과 요리는 일상적인 행위인 동시에 사람과 삶을 한층 더 정성껏 바라보게 하는 대상이었다. 마음 안에 차오르는 길고 내밀한 언어들을 납작하게 접은 채 '좋아요' 하나로 반응을 보이면 그만인 세상에서, 간편한 경험들이 우선하는 세상에서, 오랜 시간을 필요로 하고 복잡한 과정을 거쳐야 하는 요리는 확실히 비효율적인 행동일지 모른다. 하지만 그 안에는 감정의 맥락과 소통의 가능성이 존재한다. 단순히 허기를 달래는 것과 좋아하는 것을 취할 때의 마음을 구별하게 한다. 한 그릇의 요리에 담긴 의미는 그렇게 단순하지만은 않다.

영화 속 음식에도 등장한 이유와 인물의 마음이 존재한다. 이 책에 실은 글들은 영화 속에서 슥 지나쳐간, 혹은 인상적으로 기억되지만 어떤 이유 때문인지 자세히 들여다보고 싶었던 음식에 대한 이야기다. 혹은 음식을 매개로 영화와 내가 속한 세계의 연결을 탐지하려는 시도다. 어떤 글에서는 영화가, 또 다른 글에서는 음식이 중심에 놓인다. 심지어는 나의 개인적 사연이 주가 되어 영화나 음식에 대한 언급은 눈곱만치 등장하는 글도 있다. 급기야 그 모두와 아무런 연관이 없는, 그저 좋아하는 영화 이야기가 등장하기도 한다. 하지만 모두 나라는 인간의 시선과 취향을 통과해야만 했던 기록이라는 점에서 그 어느 때보다 힘을 빼고 누군가에게 말을 걸듯 쓴 글들임은 분명하다. 개인적으로는 2020년이라는 별난 한 해를 지나며 떠올렸던 생각들의 조각 모음이기도 하다는 점에서 소중하다.

나는 내 직업적 역할을 가교(架橋)로 인식한다. 영화와 대중을, 영화인과 관객을, 때론 영화와 세상을 연결하는 과정에서 질문하고 기록하며 전달하는 사람. 늘 그런 작업을 해오다 나 자신에 대한 이야기를 하려니 쉽지 않았다. 이 글들이 과연 세상에 남겨질 가치가 있는지 헤맬 때마다 격려를 아끼지 않았던 arte 편집자 여러분께 특별히 고마움을 전한다. 그간 책을 쓰는 사람들이 인사말에 왜 편집자 얘기를 하는지 막연하게 상상만 했는데 이제는 확실히 알겠다. 게으름 피우며 자꾸만 어딘가로 도망가려는 저자를 어르고 달래 어떻게든 결과물을 내놓게 만드는 그들은 조용한 카리스마를 장착한, 사려 깊은 가이드다.

당신이 여기 실린 글에서 언급한 영화를 당장 보고 싶어진다면, 해당 영화와 음식에 대한 저마다의 기억을 풍성하게 떠올릴 수 있다면 무척 기쁠 것 같다. 나를 살게 했던 다정한 인사들에 화답하는 기분으로 이 책을 썼다. 모자란 필력 탓에 남은 아쉬움은 다음 글을 위한 연료가 되어줄 것이라 믿는다.

# 마음이
# 가만히

# 기우는
# 쪽으로

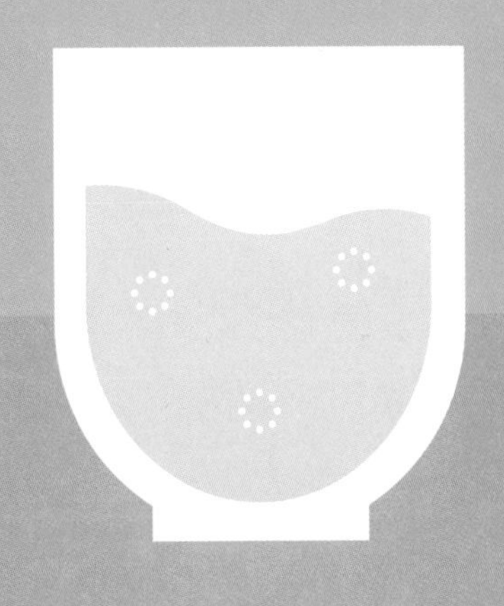

## 홀로 선 사람이 동료를 만드는 방법

**줄리 & 줄리아**
노라 에프론, 2009

프리랜서 영화 전문기자가 된 이후 경험의 폭은 내가 미처 생각하지 못한 방향으로 넓어졌다. 물론 가만히 앉아서 된 게 아니다. 스스로에게 월급을 주기 위해 더 바쁘게 움직여야 했고, 더 많은 일을 벌여야 했다. 나라는 사람이 어떤 사람인지, 무엇에 관심이 있고 뭘 잘할 수 있는지를 끊임없이 증명하고 알려야 하는 날들의 연속이었다. 다음 기회라는 건 그렇게 부지런히 움직일 때만 찾아왔다.

매체가 아닌 내 이름을 걸고 혼자서 모든 것을 결정하

고 책임져야 하기에 버거운 순간들이 있다. 그렇게도 도망치고 싶었던 회사가, 실은 나를 위해 꽤 많은 것을 해주고 있었음을 깨달을 때도 많다. 특히 프리랜서를 위한 사회적 안전망이 거의 전무하다는 사실을 온몸으로 체감할 때. 노동으로 돈을 벌고 지역가입자로서 꼬박꼬박 세금도 내지만, 근로기준법상 근로자에 속하지 않는 이 희한한 구분에서 느끼는 설움은 회사 생활의 그 어떤 단점과 비교해도 치명적이다. 동료들과 팀을 이뤄 취재하고 기획기사를 쓸 때의 쾌감 같은 것들도 꽤 자주 그리워지곤 한다. 프리랜서의 가장 큰 장점은 뭐니 뭐니 해도 혼자 모든 것을 다 해나간다는 것이고, 가장 큰 단점 역시 혼자 모든 것을 다 해내간다는 점이다.

2018년 초부터 게스트로 합류한 라디오 프로그램인 MBC FM4U 'FM 영화음악'은 일주일에 한 번 나가는 회사라고 생각하며 부쩍 정을 쏟은 곳이다. 라디오는 어릴 때부터 좋아했던 매체였다. 특히 자정 넘어 방송되던 새벽 시간 라디오 프로그램들은 지금의 내가 가진 정서의 한 축을 완성한 중요한 공신이다. 그중에서도 FM 영화음악은 고(故) 정은임 아나운서와 이주연 아나운서가 DJ로 활동할 때부터 내적 친분을 홀로 쌓아가며 애청하던 프로그램이다. 자주 만나는 친구 같고, 일상의 한 부분 같고, 때론 영화와 음악을 알려주는 좋은 교본 같았다. 내가 게스트로 합류하게 된 건 프로그램의 방송 시간이 저녁 8시대로 한 차례 이동했을 때다. 처음 섭외 전화를 받았을 때 짐짓 점잖은 척했지만, 너무 놀라고 기뻐서 소리 지르고 싶은 마음을 달래느라 꽤 애를 먹었다. 어릴 때부터 즐겨 듣던 이 프로그램에 내가 출연하게 되다니!

매주 수요일마다 테마를 정해 영화 두 편을 소개하는 '필(름) 소 굿' 코너는 그렇게 생겼다. 생방송 첫날, 너무 긴장한 나는 입에 모터를 단 듯 정신없이 말을 쏟아내버렸다. 제작진의 당황한 표정을 떠올리면 아직도 민망하다. 착하디착한 PD님은 내가 주눅이라도 들까 봐 "준비를 많이 해주셨는데 코너 시간이 너무 짧아서 죄송해요. 다음부턴 조금 덜 준비해 오시고, 조금 더 천천히 편하게 얘기해주셔도 돼요"라는 상냥한 말로 나를 다독여주셨다.

나는 게스트인 동시에 언제나 열혈 청취자였다. 보통은 프로그램 시작 시간인 8시쯤 도착해 부스 밖 의자에 앉아 생방송을 지켜보곤 했다. 라디오 스튜디오 안에서 절대적으로 좋은 음향 시설을 통해 듣는 방송은 언제나 조금 더 특별하게 들린다. 프로그램의 시그널 음악이 깔리고 'ON AIR' 사인에 불이 들어오면, 늘 바닥에서 두 발이 저절로 붕 떠오르는 느낌이 들곤 했다. 시그널은 〈줄리 & 줄리아〉에 나오는 줄리아(메릴 스트립)의 테마였다. 알렉상드르 데스플라가 작곡한 아름다운 선율 위에 DJ의 목소리가 얹어질 때, 나는 매번 왠지 모르게 조금 눈물이 날 것 같은 기분으로 그 평온한 풍경을 바라보았다.

정이 든다는 건 무서운 일이다. 시간을 함께하며 추억을 쌓은 사람들은 순식간에 소중한 존재가 되어버린다. 어느덧 수요일은 내게 일주일 중 가장 좋은 날이 됐다. PD님과 두 작가님은 물론이고 각자의 매력으로 좋은 DJ가 되어준 배우 정은채와 한예리, 저녁 방송 시간 마지막 한 달을 책임져주었던 박하선 씨까지. 나는 그들에게 자주 반했고, 오랜 세월 알고 지낸 친구들만큼 좋아하게 됐다.

예리 씨가 DJ로 있던 겨울에 한 번, 은채 씨가 DJ로 있던 여름에 한 번. FM 영화음악 식구들을 집에 초대해 함께 식사한 적이 있다. 이제 와서 얘기지만 그때마다 늘 1순위로 떠올렸고 1순위로 포기한 메뉴가 바로 뵈프 부르기뇽이다. 〈줄리 & 줄리아〉 OST가 시그널뮤직인 프로그램 참여자들이 그 영화에 나오는 요리로 함께 식사한다면 재미있고 의미 있을 거라고 나 혼자 생각했다가도 이내 포기해버린 것이다.

〈줄리 & 줄리아〉는 두 여성의 실화를 다룬 영화로, 메릴 스트립과 에이미 애덤스가 그들의 필모그래피 전체를 통틀어 가장 사랑스러운 모습으로 등장한다. 미국의 주부들에게 프랑스 요리의 맛과 멋을 알린 전설의 요리사 줄리아 차일드, 그의 요리 책에 소개된 524가지 요리를 365일 동안 직접 만들어보고 후기를 올리기 위해 블로그 연재를 시작한 줄리(에이미 애덤스)가 그 주인공이다. 수십 년의 시간 차를 두고 서로 다른 장소에 있는 두 사람의 이야기가 나란히 진행된다.

이 영화는 요리영화 본연의 재미를 모두 발휘하는 몇 안 되는 작품이다. 줄리아가 외교 대사인 남편을 따라 프랑스 파리로 가 처음으로 맛보는 솔 뫼니에르(가자미버터구이), 줄리가 줄리아의 레시피대로 만드는 랍스터찜과 아몬드로 장식한 초콜릿케이크 등 미각을 자극하는 온갖 요리의 향연이 펼쳐진다. "일은 당장 뭐가 어떻게 될지 짐작도 안 되는데 요리는 확실해서 좋아"라든가 "버터는 아무리 넣어도 지나치지 않지"와 같은 대사들 역시 요리를 좋아하는 사람들의 마음을 곧장 파고들어버린다.

그중에서도 뵈프 부르기뇽은 OST에 이 제목의 스코어가 따로 있을 정도로 영화 안에서 중요한 메뉴다. 실제로 줄리아의 대표 메뉴이기도 하고, 극 중에서는 취재를 요청한 뉴욕타임스 기자의 방문을 앞두고 줄리가 사활을 걸고 요리하는 장면에 등장한다. 말하자면 프랑스식 갈비찜인 이 요리는 질 좋은 사태와 달지 않은 피노누아 와인을 쓰는 게 핵심이다. 넉넉한 용량의 주물냄비에 오랜 시간을 푹 고아 만든 맛은…… 순간 군침을 삼키느라 할 말을 잊었다. 아무튼 보기에도, 맛도 정말 근사한 요리라는 건 확실하다.

내가 손님 초대를 앞두고 이 메뉴를 포기한 이유는 간단하다. 그걸 만들기엔 시간도 도구도 부족했다. 지금 살고 있는 집에는 대형 오븐이 없다. 오븐이 있어도 몇 시간이 걸리는 그 요리를 가스레인지에서 세월아 네월아 졸이면서 완성할 자신이 없었다. 배우들의 매니저까지 초대했기 때문에 만들어야 하는 요리는 두 번 다 총 6인분. 평소보다 곱절로 분주한 준비가 필요한 식사 자리였다.

결국 다른 메뉴들이 식탁에 올랐다. 첫 회식의 메인 메뉴는 제주도에서 공수해 온 딱새우와 홍합을 토마토 소스에 쪄낸 찜 요리였다. 다 먹은 후 소스에 파스타 면을 버무릴 요량이었다. 삶은 문어와 감자, 선드라이 토마토와 올리브를 곁들인 샐러드도 만들었다. 닭다리살을 발라 튀긴 가라아게와 연근, 가지를 튀겨 얹은 샐러드도 식탁에 올렸다. 이날은 수요일이었으므로, 다 같이 왁자지껄 식사를 한 다음 모두가 방송국으로 이동해서 생방송을 마쳤다. 바쁘고 기이한 동선의 날이었다.

두 번째 회식은 두 번째 방문인 제작진을 위해 완전히 다른 요리들을 선정했다. 조개와 크림을 넣고 바락바락 끓여낸 클램 차우더, 커리 가루로 향을 낸 감자구이, 라구소스에 버무린 펜네, 삶은 새우를 넣은 쿠스쿠스 샐러드를 만들었다. 오이 향을 싫어하는 은채 씨를 위해 초록색 파프리카를 대신 넣었다. 이날 식사는 이른 저녁에 시작해 자정을 넘겨 새벽까지 이어졌다. 내 요청으로 은채 씨와 매니저님의 반려견들도 동석했던 날이다. 작은 거실은 음식 냄새와 사람들의 웃음소리, 귀여운 강아지들의 발소리로 가득 찼다. 좋아하는 사람들과 맛있는 음식을 나눠 먹으며 기분 좋게 웃는 것. 아무리 생각해도 인생에서 이보다 더 충만하게 행복한 순간들을 나는 떠올리기 어렵다.

이 메뉴들을 아직도 생생히 기억하고 있는 건, 비명에 가까운 열렬한 호응을 보여주며 열심히 사진을 남겨준 초대 손님들 덕분이다. 뵈프 부르기뇽이 빠진 두 번의 FM 영화음악팀 초대는 나름 무사히 끝났지만, 여전히 그 메뉴에 대한 미련은 남아 있다. 재미있는 사실은 이따금 함께 모여 회식을 할 때면 우연인지 필연인지 늘 뵈프 부르기뇽을 주문하게 됐다는 사실이다. 누가 〈줄리&줄리아〉와 인연이 깊은 팀 아니랄까 봐. 이렇게 부드럽게 만들려면 오븐 없이는 힘들지. 역시 남이 해준 요리가 최고야. 늘 함께 모이는 상암동의 한 레스토랑에서 뵈프 부르기뇽을 먹을 때면, 나는 속으로 혼자 그런 생각을 하고 있다.

FM 영화음악이 새벽 시간으로 옮겨간 지금은 프로그램의 메인 작가였던 김세윤 선배가 DJ를 맡고 있다. 시그널 음악도 바뀌었다. 복작복작했던 멤버 구성이 단출하게 줄었지만, 나는 여전히 코너를 진행 중이다. 2년 남짓한 시간에 한 프로그램에서 DJ도, 시간대도 이토록 드라마틱하게 달라지는 경험을 해본 게스트는 세상에 나밖에 없을 거다.

그럼에도 그 안에서 줄곧 자리를 지키고 있는 건, 나 역시 이 프로그램을 진심으로 아끼고 사랑하는 한 명의 청취자이기 때문이다. 누군가가 나를 멈춰 세울 때까지 마음을 다해 지속하고 싶은 것이 있다. FM 영화음악은 내게 그런 마음을 먹게 하는 존재다.

아직 FM 영화음악에서 〈줄리 & 줄리아〉를 소개한 적은 없다. 요즘도 가끔 산책 나온 다람쥐처럼 집에 놀러와 밥을 먹고 가는 예리 씨에게도 뵈프 부르기뇽을 만들어준 적은 없다. 아무도 시키지 않았지만, 심지어 꼭 해야 하는 것도 아니지만 홀로 마치지 못한 숙제를 안고 있는 기분이다. 언젠가 나는 FM 영화음악과 〈줄리 & 줄리아〉, 뵈프 부르기뇽이라는 삼박자를 자연스럽게 연결해내는 숙제를 속 시원히 마칠 수 있을까?

# 차가운 한 시기를 건널 때

**리틀 포레스트**
임순례, 2018

작은 음식점을 운영하는 친구를 따라 가락시장에 장을 보러 간 적이 있다. 단골 음식점이야 나도 많지만 단골 식재료 전문점 방문이라니. 이건 차원이 다른 멋짐이었다. 채소부터 육류, 과일, 주방 도구에 이르기까지 온갖 진열대를 제집 드나들듯 하며 필요한 것들을 고르고 익숙하게 가격을 흥정하는 내 친구가 갑자기 좀 달리 보였다.

평소 충동구매에 일가견이 있는 나답게 이날은 제대로 버튼이 눌렸다. 친구가 사는 것마다 갑자기 다 좋아

보인 나머지 덥석덥석 따라 사게 된 것이었다. 그날 나는 혼자 사는 사람으로서는 한동안 다 먹지도 못할 식재료들을 가득 안고 돌아오게 됐다. 싱싱한 게 예뻐 보인다는 이유로(이게 말이 되나) 커다란 양배추 한 통을 사는 바람에, 이후 일주일 넘게 양배추 요리만 먹느라 혼쭐이 났다. 누가 시키지도 않았건만 이 구성, 이 가격은 어디에도 없다는 쇼호스트의 대사 같은 말을 속사포처럼 쏟아내며 가뜩이나 무거운 장바구니 틈에 파르미지아노 레지아노 1킬로그램도 쑤셔 넣었다. 결국 이 치즈는 세 덩어리로 소분해 친구들과 나눔했다. 그러고 보니 이후 치즈의 행방에 대해서는 물어본 적도 없다. 어울리는 곳에 잘 곁들여 먹어줬기를.

처음 가본 가락시장 특유의 활력은 정말 좋았다. 목청껏 그날의 상품을 이야기하는 사람들과 싱싱한 식재료들은 마음을 묘하게 설레게 만드는 구석이 있었다. 심지어 왜인지 나 자신을 이들과 뒤섞여 열심히 사는 사람으로까지 느끼게 하는 것이었다. 평소 소매점 진열대에 가득 쌓인 상품들 사이에서 조금이라도 상태가 나은 걸 찾아보겠다고 눈을 부릅뜨곤 했던 내게 재료상에 널려 있는 식재료들의 신선 상태와 가격은 놀라움 그 자체였다. 배추 한 포기, 사과 한 알씩 소매로 살 수 있다면 시장의 활력을 느끼러 매일이라도 가겠다 싶었다.

눈을 휘둥그레 뜨게 만든 것은 또 있었다. 다른 층 다른 코너로 돌입했더니 세상의 거의 모든 반조리 식품들이 등장했다. 분명 다른 식당인데 어째서 동일 메뉴마다 비슷한 맛이 났던 건지 의문이 풀리는 순간이었다. 품목의 다양함은 상상 이상이었다. 별별 모양의 감자튀김부터 일식집에서 팔 법한 온갖 꼬치 같은 것들, 종류별 볶음밥부터 면 요리와 각종 탕류까지 진진했다. 그것도 엄청난 대량으로. 내가 고작 스물네 개의 새우튀김이 든 박스 하나를 들고 고민하는 사이, 아마도 식당을 운영하는 듯 보이는 사람들은 이삿짐을 나르는 수준으로 반조리 식품들을 실어 갔다. 나도 공간만 있다면 여기에서 몇 가지 반조리 식품을 골라 오늘 당장 팝업 스토어 정도는 오픈할 수 있겠다 싶은 수준이었다.

반조리 식품의 장점은 분명하다. 편리함과 균일한 맛. 봉지를 뜯어 데우거나 끓이거나 볶는 등의 과정만 거치면 평균 이상의 맛을 보장하는 요리가 완성되는 것. 사실 여러 사람을 위한 대량의 요리를 준비하는 식당에 장인 정신만 기대하기도 어려운 노릇 아닌가. 세상에는 고속도로 휴게소나 급식소처럼 다양한 사람들이 동시에 먹을 수 있는 식사를 준비해야 하는 장소도 있는 법이니까.

다만 여기에는 조리하는 사람의 철학까지 담길 순 없다. 그 식당에서만 맛볼 수 있는 경험을 선사하는 한 그릇을 기대하긴 어려운 것이다. 심지어 요즘 같아선 소비자들도 그런 걸 원하는 것 같지 않다. 없는 시간을 쪼개서 빨리 한 끼만 때우면 되는데 철학은 무슨 철학. 식사라는 행위에도 서로 다른 종류의 경험치와 의미가 요구되는 세상이다. 신선함 그 자체의 원재료와 편리성의 끝판왕인 반조리 식품 사이를 부지런히 오갔던 그날은 이질적인 두 세계를 빠른 시간에 직접 두 눈으로 보고 경험했다는 묘한 감각으로 남았다.

요즘은 편의점만 보더라도 온갖 종류의 반조리 식품들이 있다. 나 역시 대체로는 이 편의들을 누리고 산다. 혼자 사는 사람이 뭐라도 해 먹겠다고 식재료를 들이는 순간, 냉장고는 매일같이 테트리스와 관찰을 반복해야 하는 혼돈의 블랙홀로 변모한다. 손 많이 가는 음식을 직접 썰고 무치고 굽고 하느니 반조리 식품을 사는 것이 훨씬 경제적이기도 하다. 특히 생선 요리. 부엌을 기름 폭탄이 떨어진 수준으로 만들면서 비린내를 풍기고, 음식을 완성했지만 상상했던 맛이 아닐 때의 절망. 요리를 했던 시간이 내 인생에서 가장 아까운 시간으로 느껴져버리고 만다. 피곤한 시대, 먹는 것만이라도 간단하길 바랄 때가 대부분이다.

그래도 나는 세상 모두가 요리라는 창의적이고 자유로운 경험을 한 번쯤은 해봤으면 한다. 게다가 기왕이면 거기에서 즐거움을 발견해 소소한 취미처럼 즐겼으면 좋겠다. 누구에게 대접하기 위해서가 아닌 나를 위한 한 끼부터 시작해보면 어려움이 좀 덜하지 않을까. 아무것도 떠오르지 않으면 과일을 깎아서 좋아하는 그릇에 예쁘게 담아 먹어보는 것부터 시작해도 좋다. 냉장고에 있는 채소들을 적당히 뜯고 썰어 샐러드를 만들어보는 것도 좋다. 자신이 없다면 레시피를 찾아서 그대로 해볼 수도 있다.

이 경험을 추천하는 건, 메뉴를 정하는 것부터 신경 써서 재료를 고르고, 그것이 하나의 형태로 만들어지기까지의 과정을 온전히 이해한 상태로 음식을 먹는 것은 꽤 의미가 있기 때문이다. 이런 식사는 단순히 허기를 채우는 것과는 다른 종류의 체험이다. 배만 부른 것이 아니라 정서적인 포만감을 주는 행위다. 그리고 그렇게 만들다 보면, 내가 만든 음식을 누군가와 나누고 싶어지는 때가 온다.

제대로 된 식사 대신 반조리 식품으로 대충 끼니를 때우는 인물들이 등장하는 영화 속 장면을 볼 때마다 내 머릿속에는 그날 가락시장의 풍경이 자동으로 재생된다. 그 많던 진공포장 식품들은 다 어디로 갔을까. 누구의 허기를 어떻게 달래주었을까. 영화 속 주인공이 먹고 있는 저 음식도 그중 하나겠지. 생각이 꼬리에 꼬리를 물다 떠오르는 인물은, 편의점 도시락을 꾸역꾸역 삼키던 생활을 접고 고향집으로 내려간 〈리틀 포레스트〉의 혜원(김태리)이다. 이 영화는 내 인생에서 아주 중요했던 한 시기를 떠오르게 한다.

〈리틀 포레스트〉의 혜원은 도시 생활에 지쳐 고향으로 내려간다. 고향 집은 갑작스레 떠나버린 엄마에 대한 혜원의 애증이 얽힌 곳이고, 지금은 아무도 살지 않는 텅 빈 공간이다. 혜원은 아침부터 늦은 밤까지 일과가 꾸역꾸역 이어지는 도시의 시간이 아닌, 자연에 자신의 사이클을 겸손하게 맞춰야 하는 조용한 시골에서 스스로를 돌보는 것부터 다시 시작하기로 한다. 나는 혜원의 결정에 별다른 의문을 품어본 적이 없다. 그게 비겁한 도피였다고도 생각하지 않는다. 먹기 위해 살고, 살기 위해 먹는다는 것. 그 단순한 기조로 나의 시간과 생활을 근본적으로 바꿔보고 싶은 마음 자체를 이해한 것이다.

월간 《스크린》으로 시작해 월간지, 주간지, 일간지까지 다양한 마감 사이클을 겪어내며 영화 전문기자로 일했던 나는 2016년 9월에 회사를 그만뒀다. 매체가 폐간된 부득이한 사정으로 회사를 옮긴 적만 있지, 다니던 회사를 자발적으로 그만두겠다고 다짐한 건 처음이었다. 앞으로는 프리랜서로 살겠다는 뚜렷한 계획이나 대단한 목표가 있었던 건 아니다. 그냥 더는 버틸 수 없는 지점에 다다르고 만 것이다. 특정 상황을 겪은 뒤 결심을 한 것도 아니다. 여러 순간들이 모이고 모여 명확한 의지가 됐을 뿐이다.

영화 〈리틀 포레스트〉 | 원작 이가시 다이스케 〈리틀 포레스트〉 고단샤 © Daisuke Igarashi /Kodansha /MegaboxJoongAng PLUS M All Rights Reserved.

처음에는 숫자에 지치기 시작했다. 몇 시 몇 분까지 몇 글자, 팩트는 확실하게, 흐름은 매끄러운 글을 목표로 하는 날들의 연속. 이번 주엔 몇 개의 취재와 기사가 있고, 오늘 당장 몇 건의 영화를 봐야 하는지만 반복해서 생각하던 나는 점점 숫자가 두려워졌다. 그런 마음을 먹고 있는 상태로 취재원을 만나는 게 불편하고 미안했다. 이 사람들은 얼마나 열심히 개봉을 준비해왔을까. 자신의 모든 것을 이 영화에 쏟아부었을 텐데, 좋은 컨디션일 때 만났다면 더 열심히 취재하고 기사를 썼을 텐데. 결정타는 정신없이 마감을 마치고 사무실 의자에 구겨지듯 앉았을 때, 책상 구석에 아무렇게나 놓여 있던 먹다 만 김밥을 물끄러미 바라봤던 순간이었다. 일상적인 풍경이었을 뿐인데 그날따라 목구멍에서 뭔가가 울컥 올라왔다. 더는 책상 앞에서 대충 밥 먹기 싫었다.

김밥은 죄가 없다. 오히려 바쁠 때마다 매번 나를 살린 구원투수에 가깝다. 동료들도 죄가 없다. 함께 일했던 모든 선배들은 나를 포함한 후배들에게 제대로 된 밥을 먹이기 위해 늘 애썼다. 성실한 동료들이 본인의 마감 페이스를 유지하기 위해 두유나 샌드위치 같은 걸로 불평도 없이 간단히 식사할 때, 나는 "사람이 밥은 먹어야지!"를 외치며 자주 밖에 나가서 제대로 된 식사를 한 뒤 머리를 식히고 들어오는 쪽에 가까웠다. 그러나 어떤 마음이 서서히 식어갈 때, 무엇이 얼마나 강력한 버튼이 되어 눌릴지는 나조차 알 수 없는 일이다. 그때는 그저 먹다 만 김밥이 그 버튼이었을 뿐이다.

그만두기 두 달 전쯤 회사에 퇴사 의사를 밝혔다. 퇴사의 과정 중 어떤 건 내 생각보다 지지부진했고, 어떤 건 에누리 없이 빠르게 진행됐다. 퇴사일을 앞두고 계속 지쳐가던 어느 날 포르투갈행 비행기표를 끊었다. 20대 초반 처음으로 혼자 두 달 가까이 서유럽을 여행할 때, 동선이 애매하다는 이유로 여행을 포기했던 나라였다. 언젠가 충분한 시간이 주어진다면 따로 가보겠다는 야무진 다짐을 남긴 채. 직장에 다니는 사람이 본인이 원하는 만큼의 충분한 시간을 보장받을 수 있는 길은 퇴사밖에 없다는 걸 나중에 알았다.

한 달간 포르투갈을 여행한 뒤 한국에 돌아와서는 곧바로 제주도행 짐을 쌌다. 익숙한 동선은 지긋지긋했다.

제주는 여행으로 자주 오가며 좋아한 곳이니 몇 달간 진득하게 살아보면 어떨까 싶었다. 서울이 아닌 다른 곳에서 살아도 괜찮다는 자신감이 필요하다는 생각이 들었다. 회사를 다니지 않는 것을 선택했으니 앞으로 삶이 어떤 모양으로 변할지 알 수 없는 일이었다. 지금 생각해도 타이밍이 좀 신기한데, 마침 제주에서 몇 주간 진행해야 하는 브랜딩 관련 인터뷰 건을 제안받은 상황이기도 했다. 여러 우연들이 나의 제주행을 부추기고 있었다. 가지 않을 이유가 없었다.

그렇게 제주에서 이듬해 2월까지 겨울을 났다. 그때 내 머릿속에는 미래에 대한 불안이라든가, 점점 줄어가는 통장 잔고에 대한 걱정이 별로 없었다. 나는 그저 지친 나를 돌보겠다는 목표에 충실했다. 잘 먹고 잘 자고, 조금이라도 마음에 걸리는 게 있어 내키지 않는 일은 하지 않았다. 아침에 일어나 그날 하고 싶은 일들과 떠오르는 음식 같은 것들을 메모한 뒤, 필요한 재료들을 사와서 요리해 먹었다. 가끔 좋아하는 음식점에 가는 것도 큰 즐거움이었지만 대부분은 직접 요리했다. 제주 내 음식점들은 휴일과 영업시간이 제각각인 데다 브레이크 타임과 이동에 드는 시간까지 계산해야 했는데, 그러다 보면 허탕을 치기 일쑤였기 때문이다.

시간이 많은 날은 밑반찬이나 육수를 만들어두는 데 열중했다. 양배추와 비트를 넣어 피클을 만들어두고, 언제든 국물 요리를 만들 수 있도록 다시마와 밴댕이 그리고 태우듯 구운 대파를 넣고 끓인 육수도 준비했다. 그렇게 만들어둔 것은 보통 서울에서 놀러 온 친구들과 밥을 지어 먹을 때 유용하게 사용했다.

낮 시간은 혼자 책을 읽고 그림을 그리거나, 친구들과 맛있는 것을 나눠 먹고 이런저런 대화를 하며 흘려보냈다. 오름이나 숲, 좋아하는 해변에 가서 마음껏 좋은 공기를 들이마시고 집에 돌아와선 따뜻한 차를 내려 마신 뒤 잠자리에 들었다. 자연에 눈 돌릴 곳이 많아서 스마트폰을 들여다보는 시간도 크게 줄었고, 영화도 보고 싶은 것만 골라 봤다. 그때처럼 온전하게 내 마음대로 하루하루를 보냈던 경험이 이전에는 없었다.

기회가 된다면 텃밭도 가꿔보고 싶었지만 겨울이라 여의치 않았다. 급하게 얻은 집이 제주 동쪽 바다 앞이라 바람이 거세서 작물을 키우는 것은 애초에 불가능했다. 경차 한 대를 빌려 타고 다녔는데, 바람이 심한 날 사이드브레이크를 걸어두지 않으면 주차해둔 차가 슬슬 밀릴 정도로 날씨가 드셌다. 그것을 미처 몰랐을 때, 어여쁜 자태에 반해 서귀포에서 데려다 소중히 심은 노란 수선화 한 송이는 동쪽 바닷바람을 맞고 고꾸라져 이틀 만에 할미꽃같이 변해버리고 말았다.

지금 생각해보면 텃밭을 못 가꾼 게 그나마 다행이었다. 라면 하나 끓여 먹으면 딱 알맞을 사이즈의 아담한 주방은 하필이면 나 같은 인간을 만나 이미 고생이 이만저만이 아니었기 때문이다. 인덕션으로는 성이 안 차 버너 하나를 따로 구비해놓고, 주방 사이즈가 감당 할 수 없는 버거운 요리들도 자주 했다. 한번은 생일을 맞은 친구를 위해 나까지 총 3인분의 스테이크를 굽겠다고 야단을 떠는 바람에 가뜩이나 좁은 주방이 터져 나갈 지경이 됐다. 그날 부족한 공간에 밀리고 밀려 급기야 나도 모르는 사이 인덕션 위에 올라간 플라스틱 전기 포트는 열에 흐물흐물 녹아내리며 운명을 다했다. 이후 그 집에서 스테이크는 두 번 다시 굽지 않았다.

처음부터 음식에 유난이었던 건 아니다. 제주 생활의 첫 끼는 소박하게도 볶음밥과 달걀을 풀어 만든 국이었다. 짐을 풀고 나서 간단히 만들 수 있는 메뉴였다. 그래도 첫 끼니라고 따뜻한 국도 함께 먹고 싶었다. 흡사 요리 경연이라도 나가는 사람처럼 정성껏 재료를 썰고 요리한 뒤, 최대한 공을 들여 접시에 담았다. 이중창을 뚫고 바닷소리가 희미하게 들려오는 것 빼고는, 집 안의 빈 공간이 공명하는 소리가 들릴 정도로 조용했다. "잘 먹겠습니다." 아무도 없는 곳에서 괜히 크게 외쳤다. 밥과 국을 차례로 한 숟가락씩 떠먹자, 귀에는 내가 음식을 씹는 소리만 들렸다. 아무것에도 쫓기지 않고, 아무런 생각도 하지 않고 천천히 식사를 마쳤다. 그 완벽한 해방감과 이유를 정확히 알 수 없던 약간의 서글픔을 나는 지금도 종종 떠올린다. 아마도 좋아하는 일에서 권태를 이기지 못하고 도망치고 말았다는 자책감 때문이었을 것이다.

친구들이 놀러 왔을 때는 아침 식사로 장아찌 몇 가지와 구운 생선을 곁들여 오차즈케를 만들어주곤 했다. 제주 친정(이라 부르는 친한 언니의 집)에서 언니와 함께 유채나

물을 넣고 만들어 먹었던 오일파스타, 집 뒤켠 야외 화덕에서 어머님이 딱새우와 홍합으로 해물찜을 만드실 때 "우와"를 남발했던 기억도 행복하게 남아 있다.

유난스럽게 찬바람이 불던 어느 날 밤에는 제주에서 일하던 친구들이 놀러 와 볶음우동을 만들어줬다. 친구들은 수개월간 서울과 제주를 오가며 브랜드 런칭을 준비 중이었고 많이 지쳐 있었다. 후식으로 버터를 발라 구운 미니 호떡과 차를 마시고 돌아가는 길에, 친구들은 이렇게 말했다. "고요한 밤 거룩한 밤이었어. 이제 여기는 우리가 힘들고 지칠 때마다 오는 행원리 도피처다." 제주 동쪽 월정리와 세화 사이, 행원리라는 작은 바닷가 마을. 그곳은 나와 친구들이 편히 숨 쉬며 좋은 것들로 시간을 채운 '리틀 포레스트'였다.

영화에서 혜원이 만드는 음식들은 하나같이 좋았다. 요리의 좋은 점은 식재료에 계절의 감각을 그대로 담아 시각과 향 그리고 맛으로 느낄 수 있다는 점이다. 마당에 쌓인 눈을 열심히 치운 뒤 "땀을 흘린 뒤에는 술이 당긴다"며 빚은 막걸리도, 하나하나 손질하고 총 세 번을 정성껏 졸여 생각날 때마다 꺼내 먹을 수 있게 만들어둔 밤조림도, 초여름의 아카시아꽃과 쑥갓튀김, 한여름에 선풍기 앞에서 먹는 오이콩국수도 좋았다. 쌀가루에 시금치 물과 치자 물을 각각 섞고 팥을 올려 쪄낸 삼색시루떡을 친구들과 나눠 먹는 것도 좋았다. 떡은 혼자 먹으면 별로 흥이 안 생기는 음식 중 하나이니까.

그중 내게 가장 인상적인 음식은 혜원이 집에 도착하자마자 꽁꽁 언 땅에서 뽑은 배추로 끓인 배춧국이다. 한동안 사람이 살지 않은 집에 그럴싸한 식재료가 있을 리 없다. 혜원은 눈 쌓인 땅속을 뒤져 용케 남은 배추 하나를 쏙 뽑아낸다. 나는 그 여리고 싱싱한 잎이 꼭 혜원처럼 보였다. 춥고 시린 서울의 겨울을 나면서도 끝내 시들지 않고 단단하게 버텨낸 청춘 말이다.

허둥지둥 만든 배춧국을 따뜻하게 들이마시는 혜원의 얼굴에는 안도감이 퍼져나간다. 음식이 주는 온기를 목으로 흘려 넘기는 순간, 혜원은 오랜만에 자신의 몸 안에 따뜻한 피가 돌고 있음을 느꼈을 것이다. 그 어떤 산해진미보다 빼어난 한 그릇. 음식은 몸의 허기뿐 아니라 마음의 허기까지 어루만질 때 더 완벽해진다.

〈리틀 포레스트〉에는 '아주심기'라는 말이 나온다. 8월 말에서 9월 초에 파종한 양파는 옮겨심기를 거쳐 10월 중순이 되면 재배할 곳에 최종적으로 묻는다. 그 뒤로 자리를 옮기지 않고 한곳에서 추운 겨울을 이겨낸 양파는 봄에 더 단단하고 단맛을 낼 수 있게 된다. 고향 집에 머물던 혜원은 스스로를 잘 들여다보고, 좀처럼 이해할 수 없던 엄마와의 관계까지 생각하고 질문하는 시간들을 통과하면서 아주심기를 준비한다. 더 단단하게 여물어지기 위해서. 더 달고 깊은 향을 내기 위해서.

제주에서 보낸 나의 시간도 결국 그 과정이었다. 가끔은 '이렇게 한량처럼 살아도 될까'라는 불안이 엄습해왔지만, 그때 스스로를 회복하기 위해 기울였던 노력과 편안한 일상으로부터 받았던 따뜻함이 지금까지 큰 힘이 되어주고 있다는 것만은 확실하다. 그 겨울을 보내면서 내린 결론은 '그래도 아직 영화 곁을 아예 떠나버리고 싶진 않다'였다.

그 시간이 지금의 나를 만들었다. 얼떨결에 프리랜서 영화 전문기자라는, 시장의 극소수 직업인이 된 나는 지금의 자리에서 내가 할 수 있는 것들을 모색하고 때론 한계를 느끼고 절망하면서 살아가고 있다. 이게 완전한 아주심기라는 생각도 하지 않는다. 다만 쉽사리 포기하고 싶지 않다. 그게 글이든 방송이든 해설이든 어떤 형태로든 영화와 관객, 영화인과 관객을 이어주는 다리 역할을 하고 있다면 지금 나의 직업적 몫을 다하고 있음을 잊지 않으려 할 뿐.

## 언제나 손 닿는 곳에 머무는 온기

조제, 호랑이 그리고 물고기들
이누도 잇신, 2003

나는 완벽한 달걀말이를 향한 로망이 있다. 〈조제, 호랑이 그리고 물고기들〉에서 자기를 조제라고 우기는 쿠미코(이케와키 치즈루)가 츠네오(츠마부키 사토시)에게 아침 반찬으로 달걀말이를 만들어준 덕분이다.

달걀말이를 만드는 과정은 보기에 결코 요란하지 않으면서도 충분히 흥미롭다. 은근히 만드는 사람의 탄탄한 내공이 필요하다. 달궈진 팬에 미리 풀어둔 달걀물을 부을 때 생기는 '치익' 하는 소리가 기분 좋게 기대감을 높이고, 약불에 살살 익혀가며 요령 있게 둘둘 말아내는 대목에는 예술 점수가 추가된다. 도톰하게 썰어낸 모양은 눈으로 보기에도 이미 한껏 보드랍고 폭신하다. 조제가 알끈까지 말끔하게 제거한 매끄러운 달걀말이를 만들 때, 나는 정말이지 훌륭한 예술품을 보는 듯한 만족감을 느꼈다.

조제는 뚝딱 만들어낸 따끈한 달걀말이를 아침상에 올린다. 쌀밥과 절임채소, 달걀말이뿐이지만 충분히 근사한 밥상이다. 한 입 베어물자마자 맛있다며 감탄을 연발하는 츠네오의 개구진 표정과 "당연하지, 내가 만든 거니까"라고 말하는 조제의 뿌듯한 얼굴이 예뻤다. 둘 사이에 사랑이 싹트는 그 장면에서, 달걀말이는 명백한 조연이다. 반찬으로서 충실히 제 몫을 해내고 있는 그 작고 노란 존재가 그렇게까지 내게 깊은 인상으로 남을 줄은 몰랐다.

지금은 사라진 극장인 종로 씨네코아에서 영화를 보고 나오는 길에, 나는 영화가 남긴 여운에 휩싸여 눈물 콧물을 줄줄 흘리는 와중에도 통통한 달걀말이 생각을 떨칠 수가 없었다. "달……걀말……이 먹…….

흑…….” “뭐?” 슬픔과 식욕을 동시 발현하고 있는 내 꼴도 우습고, ‘몸으로 말해요’ 게임마냥 몸으로 말하는 내 말을 알아들으려 옆에서 용을 쓰고 있는 남자친구의 꼴도 웃겼다.

간신히 소통에 성공했지만 종로에 달걀말이 전문점 같은 게 있을 리 없었다. 엉뚱한 메뉴를 하나 골라 먹은 뒤, 우리는 영화가 남긴 여운의 정체에 대해 오래도록 이야기를 나눴다. 둘 중 하나가 서로에게서 도망치게 된다면 우리는 어떤 모습으로 그 모습을 지켜봐줄 수 있을까에 대해서도. “너 나한테 먼저 헤어지자고 하면 죽는다” 같은 의미 없는 협박을 해가며 그날의 대화는 마무리됐다. 몇 년이 지난 뒤, 그 연애에서 비겁하게 먼저 도망친 쪽은 나였다.

그 이후로도 몇 번의 연애가 시작됐다 저물었다. 완벽한 달걀말이를 향한 나의 도전 역시 간헐적으로 계속됐다. 마음에 쏙 들게 완성한 날은 손에 꼽는다. 다만 달걀말이용 사각 팬을 손에 넣게 된 이후로는 전반적인 만족도가 조금 높아지긴 했다.

혼자 살게 되면서 꼭 갖고 싶었던 것 중 하나가 달걀말이용 사각 팬이다. 원형 프라이팬은 아무리 모양을 예쁘게 잡아나가려 해도 한계가 있었다. 애초에 둥글게 말린 것을 억지로 사각형으로 만드는 과정은 왠지 멋있지도 않았다. 쓸데없이 부엌살림을 늘리는 데 질색하는 엄마는 내가 뭔가를 가지고 싶어 할 때마다 "독립하면 네 살림으로 사"라는 말을 하곤 했다. 엄마 말은 잘 들어야 한다. 독립한 나는 기다렸다는 듯 '내 살림'을 꾸준히 늘려나가는 것으로 효심을 발휘하는 중이다.

지금 내가 가진 사각 팬은 사촌 언니의 선물이다. 이사 후 필요한 걸 묻는 언니에게 품목을 얘기했더니 "그런 게 왜 필요해?"라는 질문이 돌아왔다. 확실히 누군가에게는 세상 쓸모없는 살림살이인 모양이다. 그러나 우리 집에서 이 팬은 아주 중요한 물건이다. 지금도 가스레인지 바로 앞, 손만 뻗으면 닿는 거리에 매달려 있으며 빈번하게 쓰인다.

이 팬으로 만든 달걀말이를 먹은 사람들 중에는 〈소공녀〉의 전고운 감독도 있다. 지금은 다른 곳으로 이사를 갔지만, 전 감독은 몇 안 되는 내 동네 친구 중 한 명이었다. 나이가 들수록 동네 친구의 존재는 각별하다. 생각보다 자주 만날 순 없지만, 마음만 먹으면 언제든 집 앞에서 볼 수 있는 친구가 있다는 게 존재만으로 얼마나 든든한지 경험해본 사람은 안다.

나이는 나보다 두 살 어리지만 전고운의 속에는 늙은 이가 앉아 있다. 여린 마음을 감추느라 꼿꼿한 태도를 유지하는 사람 특유의 현명한 독설도 매력적이다. 내게는 좀체 없는 그 '앗쌀한' 성격에 나는 금세 반해버렸다. 우리는 취재를 통해 처음 만났지만 이후에는 집에서, 동네 호프집에서 후줄근한 차림으로 이따금씩 편하게 만나는 친구가 됐다.

먹고사는 일에 치여 늘 정신없는 나를 보며 전고운은 언젠가 이렇게 말했다. 〈페르소나〉라는 옴니버스 작품에서 아이유와 함께 작업한 직후였다. "왜 그렇게 맨날 바쁜 건데? 내가 지금까지 살면서 본 바쁜 사람 1위가 아이유고, 2위가 이은선이야. 아주 정릉 아이유가 따로 없네." 나는 조롱이라 우기고 전고운은 팩트라 우기는 이 농담을 사실 나는 아주 재미있어한다. 참고로 전고운은 내 주변에서 비아냥 섞인 농담을 제일 잘하는 귀여운 인간 1위다.

한번은 저녁나절에 전고운이 집에 놀러 왔다. 원래 계획은 티타임이었는데, 둘 다 배가 고파졌다. 간단히 요리해줄 요량으로 뭘 먹고 싶냐고 물었더니 전고운이 뜻밖의 메뉴를 얘기했다. "일본식 달걀말이. 난 그게 그렇게 좋더라고요?" 나는 심야식당 마스터가 된 기분으로 냉장고에서 달걀을 꺼내 왔다. 다시마로 채수를 끓이는 동안 달걀 4개를 풀어 알끈을 제거했다. 채수와 쯔유를 섞은 달걀물을 다시 잘 휘저어준 뒤 사각 팬에 치익.

불 위에서 조금 지체하는 바람에 완성된 달걀말이에서 약간의 갈색빛이 돌아 아쉬웠다. 급하게 차려낸 밥상이 가뜩이나 변변찮아 미안한데 이거라도 더 잘됐다면 좋았을 것을. 내가 그러거나 말거나, 원하는 메뉴를 얻은 전고운은 아이처럼 좋아했다. 일정한 두께로 잘라 접시에 나란히 늘어놓은 달걀말이가 예쁘다며 휴대폰을 꺼내들더니, 이리저리 몸의 방향을 바꿔가며 사진을 찍기 시작했다. 마침 스마트폰을 없애고 일부러 2G폰을 쓰고 있던 전고운이 찍은 사진은 가히 세기말 화질이라 신기했다. 그 와중에 그 낮은 화소의 사진에서 애정이 느껴진다는 건 더 신기했다.

전고운은 휘뚜루마뚜루 말아 내놓은 김밥과 달걀말이를 맛있게도 먹었다. 이거 수고로움에 비해 꽤 뿌듯한 메뉴구나. 나의 귀여운 동네 친구가 먹는 모습을 보며 그런 생각을 했다. 거창하지 않아도 그 자체로 꽤 괜찮은 식탁의 풍경이 펼쳐지고 있었다. 평소엔 사이드로만 존재하다가 그날 느닷없이 메인 메뉴가 된 달걀말이는 제 몫을 훌륭히 다하고 사라졌다. 나는 속으로 다짐했다. 언젠가 내가 완벽한 달걀말이를 만들 수 있게 된다면 그중 하나는 반드시 전고운에게 주겠노라고.

그날 우리가 무슨 얘기를 나눴는지는 잘 기억나지 않는다. 아마 평소처럼 좋아하는 영화보다 싫어하는 영화를 더 열정적으로 얘기하고, 최근에 얼마나 등신 같은 짓을 했는지에 대해 서로 배틀하듯 열변을 토했을 것이다. 어쩌면 전고운은 대화의 내용을 기억할지 모르겠다. 그래도 그 밤의 달걀말이가 내게 얼마나 소중하고 인상 깊은 존재로 남았는지는 절대로 모르고 있을 것이다. 이 얘기를 읽는다면 뭐라고 또 비아냥대려나. 그러나 그 비아냥이 사실은 애정과 관심의 발로라는 걸, 이미 나는 잘 알고 있다.

## 스스로 선택한 고행길을 걷는 사람

**와일드**

장 마크 발레, 2014

어울리지 않는 온도와 어긋난 조합의 음식을 싫어한다. 그러나 아주 예외적으로 그 존재를 인정할 수밖에 없었던 미스 매칭의 음식이 있다. 〈와일드〉의 차가운 죽. 셰릴(리즈 위더스푼)이 길 위에서 매일같이 먹던 것이다.

셰릴은 자신의 인생이 왜 이렇게 됐는지 혼란스러워하고 있었다. 폭력적인 아버지 때문에 불우한 유년 시절을 보낸 셰릴에게 늘 환하게 웃으며 용기를 준 엄마는 희망이었다. 그랬던 엄마가 암으로 세상을 떠나면서 셰릴의 세계가 무너진다. 셰릴은 한동안 자기 자신을 놔버리고 삶을 파괴하다시피 생활한다. 결혼도 망쳤고, 약에 도 손을 댔다. 무너지다 못해 스스로를 망가뜨리는 방식으로 시간을 버텨온 것이다.

그러던 어느 날의 결심이 셰릴을 다시 일으킨다. 멕시코 국경에서 캐나다 국경까지 미국 서부를 종단하는 코스인 퍼시픽 크레스트 트레일을 트레킹하기로 한 것이다. 사막, 황무지, 고산지대가 이어지는 총 4,300킬로미터를 걷는 고단한 여정이다. 여유만만한 산책이 아니라, 트레킹에 필요한 모든 것을 욱여넣은 집채만 한 짐을 짊어지고 걸어야 한다. 셰릴에게 트레킹은 고통스러웠던 과거를 받아들이고 상처를 대면하며 인생 전체의 리듬을 되찾는 수행, 아니 그걸 넘어선 고행의 과정이다. 인생을 끝장내지 않기 위해 안간힘을 쥐어짜 만들어낸 용기의 끝에는 무엇이 있는가. 그것을 마주하려는 실험이다.

주인공 셰릴 스트레이드는 실존 인물이며, 내용 역시 그가 겪은 실화다. 실화를 각색한 덕분인지 나는 이 영화가 품고 있는 생생한 솔직함이 좋았다. 어제까지 속수무책으로 망가져 있던 사람이 오늘 갑자기 돌연 멀쩡해지기란 쉽지 않다. 어쩌면 다시 태어나는 게 빠를지 모른다. 행위에 아무리 의미를 부여한다 해도 고통은 실제적이다. 셰릴은 트레킹 첫날부터 후회한다. 2분마다 한 번씩 '내가 미쳤다, 무슨 짓을 한 거지?'라고 반문한다. 욕도 퍼붓는다. 가끔 마주치는 낯선 이들의 위협으로부터, 척박한 자연으로부터 내 몸과 생존을 책임져야 하는 셰릴의 여정은 너무도 무모해 보인다. 애초에 생존을 위해 시작한 일인데 생존 불가능한 상황으로 나 자신을 몰아넣을 필요가 있을까 싶은 생각이 들기도 한다.

설상가상 휴대용 버너에 맞지 않는 가스를 가져 온 덕분에, 셰릴은 트레킹 내내 불을 써서 음식을 조리하는 게 불가능해진다. 데워서 죽처럼 먹으려 했던 오트밀은 물에 말아 씹어 먹어야 하는 지경이 된다. 매일 그것을 먹어야 한다는 계산이 나오자마자, 나는 셰릴의 중도 포기를 점쳤다. 의지는 불타오르게 만드는 것보다 꺼뜨리는 게 더 쉽다. 포기하면 편하다. 발이 다 짓무르고 피가 나는 순간에 절벽에 잠깐 앉아서 상황을 수습하려는데, 그 와중에 등산화 한 짝이 수백 미터 아래로 떨어져 버리는 게 인생이니까. 안락한 소파에 앉아 달콤한 핫초코 한 잔을 마시는 게 지친 심신을 위로하는 데는 더 효과적일지 모른다.

그러나 그건 타인의 결심을 너무 간단히 재단한 생각이었다. 셰릴의 여정은 단순히 절망을 더 큰 절망으로 이기려는 데서 시작된 것이 아니었다. 일시적인 평온함에 취해, 고통으로 점철되어버린 생을 지탱하기 위한 의지를 잊지 않으려는 안간힘이었다. 셰릴은 견뎌낸다. 차가운 죽을 질겅질겅 씹어 목으로 넘기고, 배낭의 무게라는 무뎌지지 않는 고통을 견디며 걷는다. 반복은 지속하게 하는 힘을 만든다. 셰릴은 아마도 그 힘을 믿었을 테고, 덕분에 스스로를 이겨내는 극복의 기쁨을 맛볼 수 있었다.

무언가를 포기하고 싶은 마음이 들 때마다 셰릴이 먹던 차가운 죽이 생각난다. 동시에 내가 마주한 이 상황에서 벗어나 누리게 될 따뜻하고 간편하고 즉각적인 안락 역시 떠올린다. 그럴 때 차가운 죽을 기억하며 상황을 극복한다는 멋있는 얘기를 하면 좋겠지만, 아직까지는 일시적인 안온함에 지는 경우가 더 많다. '내가 그렇지 뭐'라며 자책하기도 한다. 그러나 모든 사람에게는 각자의 절망과 극복 방법과 속도가 있다. 우리가 당장 차가운 죽만 먹으며 고행길을 걸을 수 없지만, 그 길을 걸었던 이들로부터 언젠가 힘이 될 좋은 자극을 받을 수는 있다. 이 정도로만 마무리해도 나쁠 것은 없다.

## 존엄을 지키는 데 필요한 최소한의 비용

**바베트의 만찬**
가브리엘 액셀, 1987

2020년은 모두에게 쉽지 않은 한 해였다. 지긋지긋하다는 게 뭔지, 나는 한 해 동안 확실히 실감했다. 어떤 일들이 있었는지 한번 죽 돌이켜볼까. 우선 몇 년간 프리랜서로서 살면서 알아낸 1년 주기 주요 루틴이 있다는 얘기로 시작해야겠다. 1, 2월은 수입이 줄어드는 시기였다. 첫해에는 크게 당황했으나 이듬해부터는 모아놓은 도토리를 까먹는 다람쥐의 심정으로 전년도에 남겨둔 여웃돈, 그러나 어디까지나 귀여운 수준의 수입으로 생활하는 법을 익혔다. 2020년 초는 없는 와중에 좀 더 일을 줄일 수밖에 없었는데, 1월 말에 해외 출장이 잡혀 있었기 때문이다. 스웨덴대외홍보처와 주한스웨덴대사관의 초청으로 예테보리영화제에 취재를 가야 했다.

취재의 골자는 스웨덴영화협회가 몇 년 전부터 앞장서고 있는 영화계 젠더 평등 이슈인 '50:50×2020'이었다. 2020년까지 영화계 젠더 평등 비율을 50:50으로 맞추자는 취지의 캠페인이다. 2018년 칸영화제에서 스웨덴영화협회의 수장인 안나 세르네르의 지휘 아래 진행된 '테이크 투: #미투 이후로 나아가기(Take Two: Next move for #MeToo)' 행사에 총 5개국 문화부 장관이 참석하면서, 이미 국제적 수준의 변화를 약속받기도 했던 터다. 예테보리영화제는 처음으로 이것에 성공한 국제영화제였고, 나를 포함해 전 세계에서 모인 여덟 명의 저널리스트는 며칠간의 프로그램에서 관련 인물들을 만나 인터뷰하고 서로 토론하는 시간을 가졌다.

결과적으로 좋은 경험이었지만 스트레스가 만만치 않은 취재였다. 일단 언어에 대한 고충이 컸다. 개별적으로 경험한 그간의 모든 해외 취재와는 달리 저널리스트 그룹 취재에서 개별 행동이 불가했다. 숙식까지도 함께

하는 매일의 일정표는 쉴 틈 없이 빼곡했다. 스웨덴으로 떠나기 전 준비할 것도 만만치 않았다. 스웨덴 영화 산업 양태를 숙지하고, 만날 인물들에 대해 조사하는 건 기본 중 기본이었다. 이런 준비들로 1월의 스케줄은 당연히 헐렁해졌다.

다행히 취재는 즐거웠지만 한국에 돌아와서 기사를 쓰면서 다시 고통이 도졌다. 매일 밤 영어 인터뷰 녹음 파일과 스웨덴영화협회에서 발표한 온갖 리포트들을 붙잡고 씨름하며 '그땐 다 알아들은 것 같은데 왜 안 들리지' 하고 책상에 엎어져 절망했다가 노트북을 열기를 반복했다. 이런 이유로, 1월은 출장과 영어의 늪에서 허덕이다 끝났다고 해도 과언이 아니었다. 해외 출장을 앞두고는 늘 이렇게 외치고 싶다. 출장은 내가 다녀올게, 영어 녹취는 누가 할래?

코로나19가 심상치 않음을 실감한 것 역시 이 출장에서였다. 우리는 중국 상해에서 온 기자에게 현지 상황에 대해 물었다. 당시만 해도 중국 상황이 심각하구나 정도의 인지만 가능했다. 머물고 있는 스웨덴의 분위기는 평화 그 자체였다. 취재 내내 나를 포함한 아무도 마스크를 쓰지 않았다. 귀국하기 전 예테보리 시내에 있는 약국을 여러 곳 들렀으나 마스크를 구할 수가 없었다. 다 팔린 게 아니라 원래 판매하지 않는다고 했다.

비행기 경유를 위해 핀란드 헬싱키 공항에 도착했을 때, 나는 흡사 재난영화의 한 장면 같은 풍경을 보고 그대로 얼어붙었다. 그제야 무언가 큰일이 일어나고 있다는 실감이 온몸을 육박해왔다. 국적이 한중일로 보이는 관광객들은 모두 마스크를 쓴 채 고국으로 돌아가기 위해 긴 줄을 섰다. 공항 약국은 박스째 마스크를 구입해 가느라 야단인 중국인 관광객들로 아수라장이 되어 있었다. 북새통 틈에서 넋이 나간 듯 보이는 직원에게 황급히 손가락을 펼쳐 마스크 다섯 개를 손에 쥔 나는, 방금 눈앞에서 목격한 풍경이 주는 스산한 여운 때문에 얼떨떨한 기분을 안고 비행기에 올랐다.

고정 수입이 보장되지 않는 프리랜서는 크든 작든 끊임없이 수중에 쥔 돈 생각을 할 수밖에 없다. 그달의 수입이 얼마든 고정 지출은 꾸준하기 때문이다. 파트너사의 지출 결제일이나 방식에 따라 입금 날짜는 천차만별이다. 극단적으로 말하면 한 달에 열 건의 일을 했다 쳐도, 그달에 단 한 건만 입금될 수도 있다. 일한 뒤 두 달이 넘어 입금되는 경우도 있다. 수입과 지출의 저울질은 결코 재미있지 않지만 그런 이유로 꼭 해야만 하는 일이었다. 가장 아쉬운 것도, 가장 어렵고 귀찮은 것도 항상 돈 문제였다. 그나마도 나는 운이 좋은 편이라고 생각해왔다. 시장에서 살아남기 위해 나름의 노력은 했지만, 지금까지의 결과들이 100퍼센트 나의 능력 덕분이었다고는 믿지 않는다. 감사한 기회들이 주어졌기에 계속해서 버틸 수 있었다는 것을 잘 알고 있다.

그러다 프리랜서로 일한 지 4년 차인 2020년, 드디어 스스로 실감하는 수준의 경제적 위기가 닥쳤다. 코로나19의 위기 상황은 곧 개별의 상황으로 치환됐다. 한국에서 확진자 수가 날로 가파르게 치솟고 있었다. 마스크를 사기 위해 약국 앞에 길게 늘어선 인파는 강렬한 인상을 남긴 헬싱키 공항 풍경 못지 않았다. 전염병의 공포 앞에서 공통의 기억은 흡사 노스탤지어의 향수로 변해가고 있었다. 언제 2002월드컵의 환호가 있었냐는 듯이, 언제

수백만 개의 촛불이 전국을 뒤덮었냐는 듯이. 다른 많은 다중이용시설과 마찬가지로, 사회적 거리두기 앞에서 영화관은 빠르게 기피 공간이 되었다. 수많은 영화가 개봉일을 확정하지 못해 우왕좌왕하고 있었다. 2월 말 아카데미시상식에서 〈기생충〉이 일궈낸 드라마틱하고 눈부신 여정을 끝으로, 눈앞에 펼쳐지는 영화계의 상황은 악화일로였다.

영화업계의 위기는 나와 직결되는 문제이기도 했다. 속절없이 미뤄지는 개봉일을 신호탄으로 영화관 GV를 포함한 오프라인 해설 프로그램은 모두 취소됐다. 광고 수익이 줄어든 매체들 역시 당분간 허리띠 졸라매기에 돌입했기 때문에 원고를 의뢰받는 일도 확 줄었다. 자발적으로 일을 줄일 수밖에 없었던 1월과 전통적 비수기인 2월이 지나가고, 고정 스케줄 몇 개 외에 아무 일도 없는 3월이 됐다. 4월도 마찬가지였다. 통장 잔고는 점차 0에 수렴하며 바닥을 드러내기 직전이었다.

고심 끝에 실비 보험 하나를 해지하고, 조금 더 낮은 금액을 납입하는 것으로 재가입했다. "경제가 어려워지면 다들 제일 먼저 보험부터 해지하시더라고요." 보험센터 상담원이 난감한 얼굴로 말했다. 건강 악화에 대비해 저축하듯 돈을 부었던 보험계약을 예상치 못한 위기 때문에 파기해야 하는 아이러니. 이럴 수라도 있으니 불행 중 다행인 걸까. 앞으로는 또 뭘 해지할 수 있을까. 통장에 입금된 해지금 액수를 보면서, 나는 조용히 한숨을 쉬었다. 불안이 추상적 혼란이라면, 돈은 실제적 두려움이다. 전자는 알 수 없는 미래를 향하지만, 후자는 지금 내 발밑에 떨어진 당면 과제다. 모아둔 것도 딱히 없지만 빚도 없던 내 인생에 처음으로 빚이란 게 생길지도 모르는 일이었다. 빚이 있어도 모자랄 판에 빚이라니. 머리가 지끈거렸다.

5월 역시 한가했다. 어린이날, 석가탄신일 등등이 연달아 있는 5월 연휴가 왜인지 모르게 어색했다. 그러다 영화업계에서 일하게 된 이후 이 연휴에 쉬는 것이 처음이라는 데 생각이 미쳤다. 매년 5월은 출장 짐을 풀고 다시 싸다가 다 지나가버리곤 했지만 올해는 사정이 달랐다. 전주국제영화제 날짜가 예년보다 뒤로 밀리고, 칸 영화제는 취소됐다. 별다른 무언가를 한 건 아니지만,

2020년은 5월의 황금연휴에 강제 휴식을 취해본 거의 유일한 해로도 기억될 것이다.

6월부터 상황이 조금 풀리기 시작했다. 그래도 모두의 바람대로 마스크를 벗고 일상생활을 자유롭게 영위하는 일 같은 건 생기지 않았다. 설상가상 역대급으로 긴 장마가 찾아온 여름은 지지부진하게 흘렀다. 비는 연일 무자비하게 쏟아졌다. 8월 중순 다시 확진자가 치솟자 진행하던 일들이 또 중단되거나 보류되기 시작했다. 여름 내내 언덕길에서 가다 서다를 반복하는 오래된 자동차에 올라탄 기분이었다. 언덕의 끝도 보이지 않고 그렇다고 중간에 내릴 수도 없는. 주변을 둘러보면 모두가 그런 기분으로 버티고 있었다. 버티는 것 외에 방법이 없다는 건, 사람을 정말 지치게 했다.

고백하자면 직업인으로서의 나를 둘러싸고 있던 중요한 세계, 즉 영화관과 영화를 바라보는 마음도 조금씩 흔들리기 시작했다. '영화관에서 영화를 본다.' 지금껏 이 사실에 별다른 의문을 품어본 적이 없었다. 물론 언제 어디에서나 영화를 즉각적으로 재생할 수 있는 OTT

서비스가 일상 안에 자연스럽게 자리 잡은 지 오래다. 이제 영화는 영화관만의 전유물이 아닌 것이다. 그래도 그곳은 여전히 존재한다. 다수가 어둠 안에서 특정 시공간을 함께 공유하는 시청각적 경험을 위해서. 작품을 둘러싼 다양한 담론과 생각을 나누는 공간으로서.

그런데 전염병의 시대가 모든 것을 바꿨다. 영화관을 찾는 일일 관객 수는 지금껏 본 적 없는 충격적 수치로 연일 바닥을 쳤다. 전 세계적 현상이었다. 공공시설마저 하나둘 문을 닫는 시기에 전 세계의 영화관들은 대책 없이 휘청였다. 그 안에서 누려왔던 '공통의 경험'이라는 말은 무색하게 느껴졌다. 더 정확하게는 그런 게 가능하면 안 되는 시대처럼 느껴졌다. 영화관이라는 단어는 생각보다 가까운 시일 내에 사어(死語)가 될지도 모르겠다고 생각했다. 나는 처음으로 '영화관에서 영화를 본다'라는 행위를 낯설게 느끼고 있었다.

모두의 생존 명제 앞에서 예술이 주는 풍요로움을 운운하긴 어려웠다. 영화가 의식주처럼 사람이 살아가는 데 꼭 필요한 것이 아니라는 점에서 오는 무력감이 나를 휘감았다. 더군다나 나는 그걸 만드는 사람도 아니고,

만들어진 결과물을 둘러싼 해석과 입장을 전달하고 질문하는 위치가 아닌가. 영화관의 불빛은 처음으로 내게서 멀리 떨어진 아름다운 허상 같았다. 언제든 쓸쓸하게 등을 돌려서 모른 체할 수 있는 빛.

1년 내내 행복을 끝도 없이 유예하고 있다는 기분을 삼켜야 했다. 불안과 체념은 한 몸처럼 계속 붙어 다니며 마음을 어지럽혔다. 사회적 관계로서 사람들과 마음껏 교류하는 일은 쉽게 허락되지 않았다. 친구들과 서로의 불안을 공유하는 것 역시 한계가 있었다. 모두가 같은 시기를 통과하고 있다는 것을 알기에, 말을 보탤수록 마음만 무거워질 뿐이었다. '언택트'라는 기묘한 단어가 인간 사회를 지배하는 사이 내가 생각하는 최소한의 행복, 그러니까 아끼는 사람들과 모여 따뜻한 식사를 함께하고 좋아하는 것들에 대해 즐겁게 이야기 나눌 수 있는 건 최대의 사치로 느껴졌다. 그런 게 다 무슨 소용이야. 긍정은 멀리 달아났고, 냉소는 가까이에 있었다.

이런 와중에 정말 오랜만에 떠올린 영화가 〈바베트의 만찬〉이다. 19세기 덴마크의 바닷가 마을. 목사였던 아버지의 가르침을 따라 평생 금욕과 봉사, 신앙을 바탕으로 산, 이제는 지긋하게 나이 든 자매의 집이 배경이다. 이 집에는 프랑스인 가정부 바베트(스테판 오드랑)도 함께 산다. 전쟁으로 가족을 잃은 그는 젊은 날 자매와 잠시 인연이 있던 사람의 추천으로 이 집에 왔다. 어차피 갈 곳이 없으니 부디 머무르게만 해달라는 바베트를 자매는 따뜻하게 맞이했고, 그날로 세 사람은 일상을 함께해왔다. 빵을 물에 불려 맥주를 넣고 수프처럼 걸쭉하게 끓인 술빵과 말린 생선. 이 정도가 이들의 식탁에 오르는 거의 전부다. 자매가 봉사를 나가는 이웃집에서도, 매주 모여 함께 기도하는 마을 사람들도 이 소박한 음식을 먹는다.

제목을 배반하듯 만찬은커녕 미식을 위한 먹거리라고는 전혀 안 보이던 이 영화에 딱 한 번의 만찬이 등장한다. 그것도 아주 제대로 성대한 만찬이다. 바베트가 1만 프랑짜리 프랑스 복권에 당첨된 후 마을에는 조금씩 변화가 감돈다. 오래도록 세월을 함께한 마을 사람들 사이에는 다툼과 시기가 생기고, 바베트의 복권 당첨 소식을 들은 얼굴들은 어두워진다. 모두 바베트가 프랑스로 돌아갈 것이라 예축하는 가운데, 이곳에 계속 남아야만 하는 자매의 사정은 상대적으로 자꾸만 초라해진다. 자매는 이런 때야말로 돌아가신 아버지의 훌륭한 가르침을 단단히 떠올려야 한다는 마음으로 그의 100번째 생일을 기념하려 한다.

바베트는 그날 행사에 프랑스식 만찬을 준비할 수 있도록 허락해달라고 자매에게 요청한다. 프랑스 요리를 모르기도 하거니와 평생 소박한 식사와 커피 한 잔 정도로 신도들을 대접해왔던 자매는 먹고 마시는 일에 돈을 쓸 수 없다며 거절한다. 비용은 모두 자신이 부담하겠다는 바베트의 말도 소용없다. 그러나 간곡한 부탁에 자매는 결국 수락하고, 바베트는 재료를 공수하러 휴가를 내고 프랑스로 떠난다. 이윽고 바베트와 함께 돌아온 식재료들로 모두의 눈이 휘둥그레진다. 커다란 바다거북, 1846년산 클로드부조, 캐비아와 치즈, 탐스러운 과일 등 값비싼 재료들이 줄을 잇는다. 금욕 앞에서 탐욕으로 보이는 것들은 모두 죄가 된다. 자매는 바베트의 소원을 들어주려다 아버지의 생일 기념식이 마녀의 잔치로 돌변하는 것만 같아 전전긍긍한다. 자매의 고민을 들은 신도들은 오직 고결한 찬양과 감사에만 자신들의 혀가 쓰일 수 있도록, 만찬에서 음식에 관한 말은 아무것도 꺼내지 않기로 약속한다.

바베트의 만찬에 등장하는 요리들은 최고급 프랑스 레스토랑의 코스 요리를 방불케 한다. 맑은 바다거북수프, 러시아식 팬케이크 위에 캐비아가 얹어진 블리니 데미도프, 엔다이브와 치커리 등을 넣은 샐러드, 메추리에 푸아그라와 송로버섯을 넣어 구워낸 카유 엉 사르코파주, 무화과와 설탕에 졸인 체리로 만든 케이크 사바랭럼, 함께 서브되는 뵈브클리코 같은 샴페인. 처음엔 입을 꾹 다물고 굳은 표정으로 음식을 먹던 사람들의 얼굴에는 점차 미소가 번진다. 만찬으로 마음이 녹아내린 사람들은 그제야 목사에 대한 기억, 자매가 이웃에 베푼 친절함, 서로의 우정을 이야기한다.

바베트는 이 만찬을 위해 자신이 가진 1만 프랑을 전부 써버렸다. 놀라는 자매에게 바베트는 이렇게 털어놓는다. "카페 앙글레에서는 12인분 저녁 식사의 비용이 1만 프랑이에요." 전쟁이 모든 것을 앗아가기 전에 자신이 그곳의 수석 셰프였다는 고백과 함께, 바베트는 프랑스로 떠나지 않을 것이라고 말한다. 돈이 아깝지 않단 말인

가. 자매의 질문에 바베트는 고개를 가로젓는다. "예술가는 결코 가난하지 않아요."

2020년에 내가 무엇을 가장 크게 잃었는지 생각해봤다. 많은 것들이 있겠지만 그중에서도 마음과 시야의 크기를 압도적으로 잃었다. 살아가는 이상 사회적 배경과 주변의 관계들을 말끔하게 제외한 '나'는 없다. 그럼에도 나는 자꾸 '나'만 생각했다. 폭삭 주저앉으려는 산업 안에서 공포를 느낀 나, 1인 가구의 경제적 위기를 실감하는 나, 작아지는 나, 고립을 자처하는 나, 나, 나. 그러나 기실 이런 자의식은 그저 방어기제 이상의 그 무엇도 아닐 것이다.

생각해보면 2020년은 우리가 애써 부정해왔던, 이미 눈앞에 도래한 미래를 더 이상 못 본 척하지 말라는 엄중한 경고의 메시지로 찾아온 해일지 모른다. 전염병은 특정 국가의 잘못이 아니라 인류 전체의 오만함이 자연에 끼친 결과로 읽는 것이 보다 정확하다. 이 책임으로부터 자유로운 인간은 지구상에 한 명도 없다. 쉽지 않은 일이지만, 그렇기 때문에 자꾸만 개인을 구부정하게 만드는 상황 앞에서 마음과 시야의 크기는 역으로 넓어져야만 한다. 배경을 인지하고, 불행의 원인을 직시하고, 그 안에서 회피하는 것이 아니라 새롭게 살아가는 법을 배워야 하므로. 바베트가 1만 프랑의 좁은 행복 대신 나눔이라는 넓고 확실한 의지를 지켜냈듯이.

〈바베트의 만찬〉 원작 소설을 쓴 이자크 디네센의 본명은 카렌 블릭센이다. 그의 회고록 『아웃 오브 아프리카』는 시드니 폴락 감독의 연출로 영화화됐고, 메릴 스트립이 카렌을 연기했다. 불행했던 결혼과 사랑하는 이를 잃는 아픔을 겪어야 했던 작가는 삶의 고통을 이야기와 음식으로 치유했다고 해도 과언이 아니다. 실제로 그는 카페 앙글레 같은 최고급 레스토랑 경영을 꿈꾸어본 적도 있다고 한다. 〈아웃 오브 아프리카〉(1985)에서는 사람들이 불빛 아래서 카렌의 이야기에 흥미롭게 귀를 기울였고, 〈바베트의 만찬〉에서는 바베트의 음식 앞에 모두의 마음이 열렸다. 그 순간 그곳의 공기가 변하고, 사람들은 모든 두려움과 번뇌로부터 자유로워지며 영혼이 풍요로워지는 것을 느낀다. 작가는 자신의 일부를 나누는 것이 스스로에게는 자유와 위엄을, 고통에 빠진 사람들에게는 위로와 평안함을 선사할 수 있는 방식이라 진실로 믿었던 것 같다.

한 해 동안 잔뜩 위축되어 냉소를 택했던 나는, 작가의 그러한 믿음으로 빚어진 인물 덕분에 조금이나마 녹아내릴 수 있었다. 바베트는 삶이 무너진 자리에서 주저앉지 않았다. 미식을 위한 최고급 요리들을 만들어내던 과거를 소박한 현재 앞에서 무용한 것으로 취급하지도 않고, 과거를 그리워하고 찬미하느라 오늘을 헛되이 보내지도 않았다. 이미 크게 잃은 것이 있지만, 두려워하지 않고 자신이 가진 소중한 것을 내놓음으로써 값지게 존엄을 지킨다. 원작 소설에서 바베트는 "예술가가 세상을 향해 부르짖는 것은, 최선을 다할 수 있도록 내버려 달라는 외침뿐"(이자크 디네센, 『바베트의 만찬』, 추미옥 옮김, 문학동네, 2012)이라 말한다. 긴 세월 동안 작은 집에서 소박한 식탁을 차려온 바베트의 마음이 풍족함을 누리며 세계 곳곳을 누빈 그 누구의 것보다 넓고 안온하다는 점 역시 인상적이다. 물리적인 제약이 인간에게 반드시 절망만 뜻하지 않음은 바베트의 삶으로써 증명된다.

시간이 바꿔놓는 풍경들이 있다. 우리가 통과하고 있는 이 시기 이후 무엇이 어떻게 바뀔지, 아직은 누구도 정확히 알지 못한다. 억지로 막아 세워졌던 2020년의 시간들이 우리의 몸과 기억에 무엇을 남길지를 생각한다. 타인과 함께한다는 말에 내포된 위험성을, 경제적 곤궁을, 필수재가 아닌 것들의 허망함을, 무력감과 패배감을 남길 것이다. 그러나 이렇게 바꾸어볼 수도 있다. 별것 아닌 일상에 깃든 귀함을, 인생을 풍요롭게 만드는 작은 것들의 아름다움을, 타인과의 따스한 연결의 감각을, 잃지 않았다면 결코 몰랐을 것들의 소중함을 알아차리는 경험을 남겼다고.

예술이 삶에 실용적인 도움을 주지는 않는다. 이건 분명하다. 어쩌면 그런 이유로 영화관과 영화에 대한 나의 회의감은 앞으로도 불쑥 나를 엄습할지도 모른다. 하지만 예술은 사람과 사랑에 대한 생각을 놓지 않게 만드는 데 도움을 준다. 2020년 끝자락에서 〈바베트의 만찬〉은 내게 그 사실을 주지시켰다. 카렌 블릭센은 이런 말을 남겼다. '매일매일 조금씩 써보라. 희망도, 절망도 느끼지 말고.' 이 마음으로 불확실하고 두려운 시기를 견뎌

가고 싶다. 희망도, 절망도 느끼지 않은 채로 하루하루 조금씩 앞으로 나아가면서. 우리 모두는 곧 다시 연결될 것이라는, 가느다랗지만 꽤 단단한 믿음으로.

# 약간의 달콤함을 기억하는 자의 용기

**패딩턴**

폴 킹, 2014

세상에 귀여운 걸 싫어하는 사람은 없다. 다만 발견하지 못했을 뿐이다. 이 말에 고개가 갸우뚱한다면, 아직 자신의 눈에 드는 진정한 귀여움을 발견하지 못한 건 아닌지 한번 곰곰이 생각해봐주었으면 한다. 귀여워할 대상을 찾는 건 어렵지 않다. 생물일 수도 있고, 무생물일 수도 있고, 어떤 행위일 수도 있다.

대단한 낙관론자도, 그렇다고 극한의 비관론자도 아닌 나는 귀여운 존재들로 인생의 많은 위기들을 극복하며 살아왔다. 귀여움은 정말 확실한 위로가 돼주었다.

학창 시절, 길을 걸으면서도 귀여운 것들을 수십 가지씩 찾아내는 통에 친구들에게 걸핏하면 듣는 핀잔 아닌 핀잔이 "또 귀여워?"였다. 귀여운 게 많은데 어쩌란 말인가. 특히 집에 들여놓은 수많은 물건과 나 사이의 역사는 거의 그런 식으로 이뤄졌다. 정리의 여왕이라 불리는 곤도 마리에는 '설레지 않으면 버려라'라는 어록을 남겼고, 나는 그 말에 큰 감명을 받았다. '모두 설레니까 하나도 버리지 않아도 되는' 삶을 실천할 명분이 생긴 것이다.

20대 초반, 친구가 일본 도쿄에서 유학 중일 때 이런 일도 있었다. 처음으로 도쿄 땅을 밟아본 나는 그곳의 문구류와 표지판과 디저트까지 눈길이 닿는 곳마다 귀여움이 발견되어서 정신이 나갈 지경이었다. 한국으로 돌아오기 전 간신히 추리고 또 추린 짐에는 전날 마신 음료수병에서 분리해둔 포장 패키지도 있었다. 다이어리 사이에 그것을 책갈피처럼 소중하게 끼워 넣는 나를 본 친구는 어이없는 표정으로 "쓰레기는 대체 왜 가져가는 거야?"라고 물었다. 내가 뭐라고 대꾸했는지는 좀처럼 기억나지 않지만, '쓰레기'는 나와 함께 무사히 한국에

도착했다.

사람에게도 세대를 가리지 않고 자주 귀여움을 느낀다. 아이들은 말할 것도 없고 청소년도 귀엽고, 중장년의 어머니들과 고운 할머니들도 귀엽다. 일정 나이대 이상이 되면 어머니들은 어쩌면 그렇게 키도 비슷하고 헤어스타일이나 옷차림까지 비슷해지는 건지. 엄마와 함께 시장이라도 가면 아주머니들이 잔뜩 모인 틈에서 숨은그림찾기하듯 엄마를 찾느라 진땀을 빼기도 하지만, 엇비슷한 뒷모습들을 보고 있자면 그렇게 사랑스러울 수가 없다. 아끼는 친구들과 애인을 바라볼 때의 마음은 말해 무엇하리.

물론 사람을 향한 귀여운 마음은 종종 달라진다. 이럴 거면 인류 따위 차라리 멸망해버렸으면 좋겠다는 생각이 들 정도의 경악스러운 뉴스를 보곤, 분노에 치를 떨며 잠을 이루지 못하는 날도 있다. 그럴 때는 귀여운 동물들을 모아놓은 영상을 찾아보며 애써 마음의 평화를 얻는다. 17년을 함께했던 나의 어여쁜 반려견이 무지개다리를 건너기 전까지 매일 그 아이를 꼭 끌어안고 눈을 맞추던 습관이 온라인 동영상으로 대체된 것이다.

이런 내가 말하는 곰 패딩턴을 발견했을 때는 어땠겠는가. 파란 코트에 빨간 모자를 쓴 작은 곰이 그려진 포스터를 보자마자 나는 사랑에 빠졌다. 이미 유명한 어린이 동화라는데 모르고 지냈던 세월이 다 원망스러웠다. 이미 시작된 사랑은 영화를 본 뒤에 한층 더 깊어졌다. 페루에서 런던까지 혈혈단신으로 건너와, 우연히 만난 브라운 가족의 일원이 된 후 커다란 모험을 겪는 이 명랑한 꼬마 곰은 좀체 절망하는 법이 없어서 더 귀엽고 사랑스러웠다. 특유의 병약미가 돋보일 뿐 딱히 귀엽다고는 생각해본 적 없는 배우 벤 휘쇼가 패딩턴의 목소리를 연기하고 있다는 사실에 약간의 혼란을 느꼈지만, 그것 역시 이내 적응하고 말았다.

어느덧 나는 거의 스크린 안으로 빨려 들어갈 듯 패딩턴의 모험에 동참하고 있었다. 오렌지 마멀레이드를 듬뿍 바른 샌드위치를 머리에 얹으며 "현명한 곰은 위기의 순간에 대비해 늘 모자 안에 마멀레이드 샌드위치를 넣고 다녀야 한다"고 말하는 대목에서는 거의 쓰러지고 말았다. 저 귀여운 곰을 번쩍 안아 집으로 데려올 수만 있다면 평생 맛있는 마멀레이드를 만들어줄 텐데. 도시락

싸주듯 매일 모자 안에 마멀레이드 샌드위치를 넣어줄 텐데.

이 정도면 거의 마멀레이드 홍보 대사가 아닌가. 영화를 보고 문득 궁금해진 나는 '패딩턴 마멀레이드'를 검색했다. 역시나 이미 아주 유명한 상품이 존재했다. 런던의 유명 식품 매장에서는 쿠키, 초콜릿 등 패딩턴을 모델로 다양한 상품을 팔고 있었다. 역시나 티(tea)의 나라 영국에서 활약하는 곰돌이답게 홍차 티백 포장지에서도 발견됐다. 참고로 이 티백은 나의 부엌 찬장에 소중히 보관되어 있다. 내가 한창 패딩턴 타령을 해대던 어느 날, 카타르 도하에서 날아온 후배가 면세점에서 우연히 발견하고 사다 주었다. 맛은 어떠하냐고? 앞서 소개했듯, 친구에게 쓰레기 취급받은 음료수병 포장 패키지마저 소중하게 다뤘던 나답게 아까워서 도저히 뜯질 못하고 있다는 후기를 전한다.

패딩턴이 가장 좋아하는 음식인 만큼 오렌지 마멀레이드는 영화에 여러 번 등장한다. 심지어 2018년 국내 개봉한 2편에서 억울하게 옥살이를 하던 패딩턴은 이걸 이용해 무사히 탈옥까지 한다. 마멀레이드는 흔히 잼과 혼동되지만 엄연히 다르다. 과일에 설탕을 절이는 과정은 같지만, 씹히는 질감을 위해 껍질을 첨가해 만든다는 점에서 쉽게 구분할 수 있다. 바삭하게 구운 식빵에 버터를 얇게 바르고 오렌지 마멀레이드를 듬뿍 올려 한 입 베어 물면, 식감과 사운드와 맛 모두를 잡는 간식이 완성된다. 향 좋은 딜을 살짝 뿌려주는 것도 별미다. 빵을 싫어한다면 플레인 요거트에 조금 올려 먹거나, 탄산수를 부어 에이드를 만들 수도 있다. 신선한 올리브유에 섞어 소금과 후추를 조금 뿌린다면, 그 자체로 맛있는 샐러드 드레싱이 된다.

패딩턴은 왜 하필 오렌지 마멀레이드에 빠지게 된 걸까. 영화에서는 페루에서 패딩턴이 곰 세계의 언어로 아주 긴 이름을 가졌던 시절, 한 탐험가가 곰들에게 마멀레이드 만드는 법을 알려준다. 이후 패딩턴 곰 가족은 마멀레이드를 대량 생산해 비축해놓는 시스템까지 마련한다. 추측해보자면 이는 꿀을 좋아하는 동물인 곰의 습성이 스토리 라인에 반영된 결과일 것이다. 어쩌면 핵심은 '오래도록 보관 가능한 단 음식'이라는 단순한 이유가 아니었을까 하는 합리적 의심을 종종 해본다.

인생에는 단맛이 필요한 순간들이 있다. 더럽고 치사하고 아니꼬운 순간들을 맞이할 때, 피로가 몸과 마음을 지배하려 할 때 즉각적인 처방전으로 이보다 유용한 건 찾기 어렵다. 쓴맛을 보았을 때 나락으로 떨어지지 않기 위해 스스로를 달래는 일은 중요하다. 다시 힘을 내볼 수 있도록 기분을 환기시키는 것이다. 살아가려면 나라는 존재를 계속 구슬리고 달래며 움직여보는 수밖에 없지 않나.

발휘하는 힘이 세다는 측면에서 귀여움과 달콤함은 일맥상통한 지점이 있다. 무기력과 분노를 가라앉히고 내가 살아갈 세상으로 다시 눈 돌리게 한다. 지켜야 할 것들, 좋아하는 것들에 대해서 다시 생각하게 만든다. 소중하게 보관하면서 원할 때 언제든 꺼내 먹을 수 있는 패딩턴의 마멀레이드는 내게 그런 존재로 느껴졌다. 패딩턴의 모험은 언제나 그 약간의 달콤함을 잊지 않는 여정인 것이다.

## 품위 유지와 관계에 필요한 칼로리

**먹고 기도하고 사랑하라**
라이언 머피, 2010

어릴 때 피자를 먹은 기억은 손에 꼽는다. 이유가 있다. 지금이야 전화나 스마트폰 앱으로 간단하게 주문하는 게 피자라지만, 1980년대생인 나의 유년 시절에는 쉽게 볼 수 없는 음식이었다. 1990년대 초부터 한국에 대형 프랜차이즈 매장이 한두 군데 생겨나기 시작했으니 말이다. 그런 나의 인생 첫 피자는, 무려 미군 부대 피자였다. 이웃집에 살던 50대 부부는 장성한 아들만 둘 있다는 이유로 유치원생인 나를 무척 예뻐하셨다. "우리집 수양딸 하자"라는 말도 자주 하셨기에, 나는 어린이 시절부터 그 단어를 천연덕스럽게 구사했다. 아주머니네 2층 계단을 뛰어 올라가면서 "아줌마, 수양딸 왔어요!"라는 말을 알아서 할 정도였다.

아저씨는 미군 부대에 근무하셨다. 지적이고 깔끔한 신사였고, 주말에 댁에 놀러 가면 늘 영자 신문이나 책을 읽고 계셨던 걸로 기억한다. 손녀처럼 재롱을 떠는 나를 부쩍 귀여워하시던 아저씨는 어느 날 피자 한 판을 포장해 오셨다. 한국인의 입맛을 전혀 고려하지 않은 진짜 미국 피자였다. '디즈니 만화동산' 같은 TV 프로그램에서나 봤던 피자를 실제로 본 나는 신이 났다. 기뻐하던 아저씨의 표정까지 생생히 기억하고 있을 정도로 이 날은 확실히 역사적인 날이었다.

모두의 기대를 등에 업은 이은선 어린이의 피자 시식이 시작됐다. 얼마나 맛있을까? 대체 무슨 맛일까? 기분 좋게 피자를 입에 넣고 오물거리던 나는 난생처음 경험하는 극도의 짠맛에 너무 놀라 그만…… 자지러지게 울면서 다 뱉어버렸다. 옆에 있던 엄마를 포함한 모두의 당혹한 표정이 얼굴에서 사라지기도 전에 구토가 시작됐다. 아주머니와 아저씨가 너무 놀라 허둥지둥하는 사이, 민망해진 엄마가 "어머, 우리 애가 입맛이 너무 촌스러워서 죄송해요" 같은 말을 하며 나를 안고 화장실로 달려가면서 그날의 사태는 마무리됐다. 처음 맛본 피자의 기억이 너무 강렬했기에 나는 한동안 피자를 먹지 않았다. 아니, 먹지 못했다. 좋은 의도로 피자를 사 왔으나 봉변만 당했던 아저씨도 이후 다시는 내게 피자를 권하지 않았다.

공포만 남은 피자의 첫 기억을 털어버린 건 프랜차이즈 덕분이다. 한국인의 입맛에 맞게 현지화된 도미노피자, 미스터피자 같은 굴지의 회사들이 학창 시절 나의 피자 극복기를 도왔다. 어쩌다 학교나 학원에서 선생님들이 짓궂은 아이들의 요구에 못 이겨 한턱낼 때 메뉴가 무조건 피자였던 것도 한몫했다. 그땐 왜 그렇게 선생님들이 피자만 사주는지 궁금했는데 가성비 면에서 최고의 배달 메뉴였던 것 같다. 가벼웠을 선생님들의 주머니 사정을 생각하니 문득 고마워진다. 불고기피자는 기복 없이 맛있었고, 처음 나왔을 때 선풍적인 인기를 끌었던 포테이토피자도 즐겨 먹었다. 고구마 무스 같은 추가 옵션의 등장은 피자계의 천지개벽 수준이었다.

이윽고 첫 유럽 여행을 떠났을 때, 나는 피자의 본토 이탈리아에서 '외국 피자'에 대한 두려움을 완전히 이겨내고야 말았다. 처음엔 실패의 연속이었다. 영어 한 줄 없이 이탈리아어만 가득한 메뉴판에서 호기롭게 고른 첫 피자에는 하몽과 루콜라가 잔뜩 올라가 있었다. 도우부터 토핑까지 모든 재료가 푹 구워 나오는 한국식 피자에 익숙해진 입맛은 '쌩맛' 그 자체인 염장 햄과 풀때기의 조화를 만나 다시 방황하기 시작했다. 지금이야 아주 좋아하는 식재료들이지만, 그땐 하몽과 루콜라가 한없이 낯설기만 했다. 토핑을 다 걷어내고 피자 도우만 야금야금. 도우를 찍어 먹는 한국식 갈릭소스를 그리워하며 그날의 피자 체험은 그렇게 끝났다.

스마트폰과 구글맵, 번역기는커녕 여행 책자와 종이 지도에 의지하며 모든 여행을 소화해야 했던 시절. 두꺼운 책자 한 권 들고 다니던 여행자에게는 미식의 정보가 충분치 않았다. 몇 번의 실패 끝에 결국 안전한 선택지를 따르게 됐다. 토마토 페이스트, 신선한 모차렐라, 바질이 어우러진 마르게리타만 반복 주문하게 된 것이다. 화덕에서 갓 구워져 나온 고소한 마르게리타는 매번 눈이 튀어나올 정도로 맛있었다. 한국에서는 딱히 맛있게 먹었던 기억이 없는 그 심심한 모양의 피자가 그렇게까지 풍성한 맛을 내는지 그때 처음 알았다. 아, 맛있어. 이거 먹고 젤라토 먹으러 가야지. 이탈리아 여행 내내 나는 마르게리타를 먹을 때마다 그 생각을 했고 예외 없이 즐거워했다.

가장 좋아하는 영화 속 피자 장면에서도 주인공이 마르게리타를 먹는다. 〈먹고 기도하고 사랑하라〉의 리즈(줄리아 로버츠) 얘기다. 그는 이탈리아 나폴리에 친구 소피(투바 노보트니)와 함께 피자를 먹으러 간다. 가게 안은 수많은 관광객으로 발 디딜 틈이 없고, 주방에서는 피자를 공장에서 물건 찍어내듯 끊임없이 생산해내는 중이다. 겉만 번지르르했던 뉴요커의 삶을 잠시 멈추고 진짜 자기 자신을 찾아 세계 여행을 떠난 리즈는 "내 인생의 주제는 피자로 하겠다"고 당차게 결심하고 이탈리아에 온 상황이다.

배운 사람답게 리즈와 친구 앞에는 '1인 1피자'가 놓여 있다. '먹어봤자 아는 맛'이라는 다이어트 명언이 있다고 했던가. 다행히 우리는 거기에 반하는 또 하나의 명언을 알고 있다. '아는 맛이니까 더 먹고 싶다.' 누가 '먹고'라는 단어가 제일 먼저 등장하는 영화 아니랄까 봐, 바삭하게 구워 나온 마르게리타는 없던 식욕도 자극하기에 충분할 만큼 먹음직스럽게 생겼다.

한입 베어 물자마자 행복 가득한 표정을 짓는 리즈와 달리, 마주 앉은 소피의 표정은 우울하다. 최근 5킬로그램이 불어났다는 소피는 데이트를 앞두고 뱃살 걱정을 하며 선뜻 피자를 집지 못한다. 만약 내가 리즈였다면, 둘 중 하나를 선택했을 것이다. "그래?" 하고 대수롭지 않게 대꾸하며 내 몫의 피자를 씩씩하게 먹어치우는 것. 아니면 "그럼 내가 먹어도 돼?"라고 물어본 뒤 친구 몫까지 더 씩씩하게 먹어치우는 것. 기분이 좋지 않은 날이었다면 '이럴 거면 샐러드나 먹으러 가지 왜 따라온 거야'라고 속으로 슬그머니 짜증을 낼지도 모르겠다. 함께 흥을 끌어올리며 우리가 얼마나 맛있는 걸 먹고 있는지 신이 나게 품평하는 재미라는 것이 있단 말이다!

리즈는 좀 더 현명한 법을 택한다. 먹지 않는 건 네 자유지만 일단 들어보라는 식이다. 요지는 복부에 붙은 살들은 너의 소중한 인격이며, 진정 좋은 데이트 상대라면 뱃살 따위 사랑의 아무런 방해물이 되지 않는다는 것이다. 그러고는 굳은 결심과 매력적인 회유를 덧붙인다. "이제 편하게 살 거야. 아침마다 전날 먹은 거 생각하며 머리 쥐어뜯고 칼로리 계산하면서 샤워하러 가는 것도 싫어. 이젠 막 먹을래. 살찌겠다는 게 아니라 구속을 벗어나려고. 이렇게 해보자. 이 피자 다 먹은 다음 축구 보고, 내일은 데이트하고, 사이즈 큰 바지를 사러 가자."

리즈를 보고 생각했다. 누군가 고칼로리와의 심리 싸움에 위축돼 있는 현장을 목격한다면 나 또한 이 방법을 쓰리라. 리즈의 탁월한 언변은 결심을 부추겼고, 실제로 몇 번인가 이 대사를 실생활에 인용하게 만들었다. 대강 이런 식이었다. 생각해봐. 일상생활의 품위 유지와 타인과의 원활한 관계 형성을 위해 우리가 얼마나 다방면으로 스스로를 구속하고 있는지를. 우리 부디 먹는 것만은 그러지 말도록 하자. 이거 다 먹은 다음, 내일은 가볍게 먹으면 되는 거지 뭐. '급찐급빠'라는 말도 있잖니. 내일 좀 더 바쁘게 많이 움직이면 돼. 그리고 너, 내가 장담하는데 지금 안 먹으면 이따 자정 넘어 자기 전에 육개장 사발면에 물 붓는다.

물론 나도 종종 칼로리와 체중 감량에 대해 생각한다. 전날 너무 많이 먹었다 싶으면 양심상 다음 날 상대적으로 가벼운 열량의 음식들을 골라 먹기도 한다. 그러나 어느 순간부터 누구를, 무엇을 위해 내가 양심씩이나 갖다 붙이며 죄책감을 느끼고 있는 건지 구체적으로 이해하기 어려워졌다. 스스로를 이렇게 구속해서 내가 얻는 게 뭔가. 다른 건 남 눈치 보기 싫다고, 주체적으로 살고 싶다고 그렇게 떠들어대면서 왜 내 몸에 대해서는 이중적인 태도를 보이고 있는 걸까. 누군가의 눈에 보기 좋게 날씬해야 내가 더 가치 있는 사람이 되는 걸까.

"사이즈 큰 바지를 사러 가자"던 리즈의 말은 이런 순간에 확실한 위로가 된다. 말이 나와서 얘기지만 우리만 노력한다고 될 일도 아니다. 기본적으로 요즘 나오는 옷들에는 자비가 없다. 이걸 성인 여성이 입으라고 만든 건지, 마네킹이 입으라고 만든 건지 알 수 없을 때가 한두 번이 아니다. 설마 그런 경험이 나에게만 있는 건 아니겠지.

나이가 들면서 몸은 더 불어날지 모른다. 옷에 나를 욱여넣으며 스트레스 받는 대신, 먹고 싶은 음식에 관대하게 굴며 한 치수 큰 사이즈의 옷에도 여유롭게 반응하는 나로 자연스럽게 변해가고 싶다. 세상엔 맛있는 게 너무 많고, 다양한 사이즈의 옷들도 앞으로는 많이 나오겠지! 살찔 거라는 체념이 아니라, 구속에서 벗어나자는 다짐으로 맛있는 것들을 대하며 살아가고 싶다.

# 피자로 모아본 영화들

〈백 투 더 퓨처 2〉(1989)의 극 중 배경은 2015년이다. 영화에는 제작 당시 상상할 수 있었을 법한 다양한 과학기술이 등장하는데, 지금 보면 꽤 많은 것이 현실화되어 놀랍다. 날아다니는 자동차나 신체 사이즈에 맞춰 자동으로 변형되는 옷 같은 건 아직 없지만, '구글 글라스'를 연상케 하는 웨어러블 기기나 음성인식 TV 같은 건 상용화되었다.

이 영화에서 보여준 피자의 미래는 지금의 냉동 피자 개념과 비슷하다. 영화에서는 손바닥만 한 사이즈를 오븐에 구우면, 라지 사이즈 정도의 갓 구운 피자가 완성되어 나온다. 피자를 먹는 와중에도 사람들은 웨어러블 기기를 사용하고, 과일을 가득 실은 로봇은 공중에 날아다니며 서빙을 돕는다. 당시에는 '정말 이게 가능해질까?'라는 생각으로 만들었을 텐데. 2015년으로부터 6년이나 더 지난 지금, 로버트 저메키스 감독과 출연진들은 스마트폰으로 피자를 주문하면서 무슨 생각을 하고 있을지 궁금하다.

같은 시기에 등장한 영화인 〈나이트메어 4—꿈의 지배자〉(1988)는 나중에 봤기에 망정이지, 당시에 봤더라면 피자에 대한 거부감만 더 키울 뻔했다. 여기에는 악명 높은 살인범 프레디 크루거(로버트 잉글런드)의 '소울 피자'라 불리는 인간 피자가 등장한다. 그러니까, 피자의 토핑을 인간으로 대신한 것이다. 심지어 그 토핑은 비명을 지르고 말도 한다. 프레디가 갈고리 같은 손을 뻗어 토핑을 찍어 먹는 모습은 이 영화의 제목을 다시 한번 상기시킨다. 그 자체로 악몽 같은 장면이지만, 궁금한 분들은 클립으로 한번 찾아보시라.

물론 그날 밤 꿈은 내가 책임질 수 없다.

내게 피자 자체보다 '피자=귀여운 트럭'의 공식이 생겨난 건 디즈니-픽사 애니메이션 〈토이 스토리〉 시리즈 덕분이다. 1편에서 처음 등장한 '피자 플래닛'은 지붕에 우주선을 얹어둔 것처럼 생긴 건물이고, 오락실과 피자 가게를 합쳐놓은 공간으로 장난감들의 주인인 앤디(존 모리스)가 사랑하는 곳이다. 배달을 위해 트럭을 하나 운용하는데, 투덕거리던 우디(톰 행크스)와 버즈(팀 알렌)가 주유소에서 이 트럭을 발견하게 된다.

재미있는 건 낡디낡은 노란색의 피자 배달 트럭이 이후 디즈니-픽사 작품에서 콘텐츠 개발자가 재미로 숨겨놓는 메시지나 기능인 '이스터 에그'가 됐다는 사실이다. 〈토이 스토리〉의 모든 속편은 물론이고 〈니모를 찾아서〉(2003)에서는 물고기 봉지가 데굴데굴 구르는 차도 위를 지나가는 트럭으로, 〈월-E〉(2008)에서는 이브가 쓰레기 더미에서 생명체를 찾기 위해 스캔하는 고물차로 등장하는 식이다. 이 이스터 에그는 〈인사이드 아웃〉(2015), 〈코코〉(2017) 등에도 숨겨져 있다. 딱 하나 예외가 된 작품이 〈인크레더블〉(2004)이다. 픽사 애니메이터 출신이 아니었던 브래드 버드 감독이 이 전통을 전혀 몰랐기 때문이다.

빨간 셔츠를 입고 빨간 구두를 신은 토니(존 트라볼타)가 리듬을 타면서 거리를 걷는 〈토요일 밤의 열기〉(1977) 오프닝 장면도 인상적이다. 비지스의 「스테잉 얼라이브(Stayin' Alive)」가 흐르는 이 경쾌한 오프닝을 한결 쿨하게 만드는 건, 단골 가게에서 피자 두 조각을 주문해 우걱우걱 씹으며 걷기를 멈추지 않는 토니의 태도다. 피자를 먹는 데 음료수 같은 건 일절 필요 없다는 식의 단호한 호방함. 토니가 피자를 사 먹었던 뉴욕 브루클린의 레니 피자는 영화의 인기를 등에 업고 영화 팬들의 명소로 등극했다.

## 나의 귀여웠던 시절과 소울 푸드

시선 사이-우리에겐 떡볶이를 먹을 권리가 있다

최익환, 2015

순전히 제목 때문에 보는 영화가 있다. 내겐 이 단편이 그랬다. 국가인권위원회에서 제작하는 프로젝트인 '시선 사이'의 2015년 버전 중 첫 번째 에피소드다. 학교 앞 분식집 드나드는 재미로 일상을 버티는 지수(박지수)와 친구들이 '일과 시간 내 교문 폐쇄'라는 청천벽력 같은 결정을 내린 학교와 대립하는 과정이 담겨 있다.

이 영화의 제목은 내가 중학교를 다닐 때 실제로 입에 달고 살았던 말이기도 하다. 영화 덕분에 실로 오랜만에 그때의 추억이 떠올랐다. 나만 이 말을 한 게 아닌 걸 보니, 전국의 많은 학생들이 떡볶이로써 자신의 권리를 주장하는 모양이다. 이게 어떤 영화인지 궁금해서 페이지를 펼친 분들께는 죄송하지만, 이번만큼은 굿 다운로드나 스트리밍 서비스를 이용해 직접 시청하시기를 더 권장하고 싶다. 나는 영화를 빌미 삼아 이 글에서 떡볶이를 향한 내 오랜 사랑과 추억을 더 중요하게 기록하기로 이미 마음먹었다.

떡볶이는 내 키와 살 중 70퍼센트쯤의 지분을 차지한다고 인정할 수 있는 음식이다. 나는 대부분의 외국인이 평생 이 맛을 알지 못하고 죽는다는 걸 생각할 때마다 안타까워 발을 동동 구를 지경이다. "죽기 전에 딱 하나의 음식만 먹을 수 있다면 뭘 먹을 거야?" 한때 유행했던 이 질문에 친구들은 저마다 엄마와 할머니를 위시한 집안의 손맛 좋은 어른들이 만들어준 소박한 음식을 떠올리며 감동적인 답변들을 내놨다. 그때도 나의 대답은 오직 '떡볶이'였다. 이 자리를 빌려 한 가지 조건을 덧붙이고 싶다. 기왕이면 밀떡이 좋겠다.

떡볶이를 향한 나의 사랑은 언제부터 시작됐을까. 분

명한 건 꼬맹이 시절부터 워낙 좋아해서 주머니에 동전 만 있으면 하굣길에 '컵볶이'를 줄기차게 사 먹곤 했다는 점이다. 그 와중에 떡볶이를 향한 나의 사랑은 튀김에도, 어묵에도 곁눈질하지 않는 진짜 사랑이었다고 자부한다. 초등학생 시절에는 분식집에 앉아 비닐을 씌운 쑥색 그릇에 따끈하게 담겨 나오는 떡볶이 한 그릇을 맘껏 먹는 게 소원이었다. 부모님은 길거리 음식은커녕 외식 자체에 관대하지 않았기 때문이다. 나는 몸은 건강할지언정 마음은 불행한 어린이로서 비교적 저렴한 컵볶이를 몰래 한번씩 사 먹는 데 만족할 수밖에 없었다.

그러나 내가 자라는 동안 길거리 음식을 되도록 먹이지 않겠다는 엄마의 작전은 곧 실패했다. 중학교에 들어간 이후 나의 고삐가 풀렸기 때문이다. 지금은 남녀공학으로 바뀐 나의 모교는 원래 여중이었다. 후문 쪽에 높은 담벼락이 있었고, 쉬는 시간마다 나를 포함한 여자아이들이 교복 치마 안에 체육복 바지를 입고 달려 나가 담벼락 밑에서 고무줄놀이를 하느라 야단이었다. 그땐 왜 그렇게 달려 다녔을까? 화장실도 달려가고, 계단도 달려 내려가고, 매점도 달려가고, 하여간 체력이 남아도는 시기였다.

달리는 만큼 배도 자주 고팠다. 쉬는 시간마다 고무줄놀이를 할지 차라리 뭘 좀 먹을지 결정하는 게 우리의 중대사였다. 〈우리에겐 떡볶이를 먹을 권리가 있다〉 속 학생들의 상황과 마찬가지로 일과 시간 내 학교 문은 굳게 잠겨 있었다. 설상가상 교내 매점에선 떡볶이를 팔지 않았다. 대신 후문 쪽 담벼락이라면 노려볼 만했다. 담벼락 너머엔 문방구와 분식집을 겸하는 가게가 있었다. 떡볶이도 팔았다. 지혜로움은 억압의 상황에서 꽃핀다. 곧 학생들과 문방구 사장님 사이에는 이른바 '검은 봉지 커넥션'이 생겼다.

처음에는 체육 물품이나 찰흙 같은 간단한 준비물들의 거래가 오갔으나, 이내 담벼락을 사이로 분식이 날아다니기 시작했다. 검은 봉지에 메뉴를 적은 쪽지와 돈을 넣어 담벼락 너머로 던지면 사장님이 분식을 포장해 다시 던져준 것이다. "○반 ○○○!" 우렁찬 호명과 함께 날아오는 비닐봉지를 아이들은 날아오는 공을 온몸으로 받아내는 배구선수마냥 야무지게 잘도 받았다.

돌이켜 보면 쉬는 시간 10분 동안 담벼락으로 달려 나가고, 주문을 위해 비닐봉지를 던지고, 그걸 다시 받아 분식을 먹고 교실로 되돌아오는 그 모든 과정이 가능했다는 게 믿기지 않는다. 떡볶이를 위한 초능력이라도 생겼던지, 모두가 힘들어하지도 않고 그 일을 척척 해냈다. "야, 선생님한테 걸릴까 봐 쫄지 마. 우리에겐 떡볶이를 먹을 권리가 있어." 이건 그때 나와 친구들이 버릇처럼 자주 하던 말이었다. 교사들의 불심검문과 높은 담벼락과 10분이라는 시간제한이 떡볶이를 먹고 싶다는 우리의 소중한 바람을 막을 수 없었다.

고등학교 때는 떡볶이가 거의 주식이었다. 맛에 민감한 아이들은 교문 바로 앞보다는 조금 떨어진 분식집을 선호했다. 주로 영광분식 파와 코끼리분식(그런데 왜 이 상호명은 동네마다 있는 것일까? 코끼리가 떡볶이와 대체 무슨 상관이 있는 건지 아시는 분은 제보해주시길 바란다) 파로 나뉘었는데, 나는 영광분식 파였다. 지금으로 치면 '떡튀순' 세트를 '영광세트'라는 이름으로 팔던 곳이었다. 쫀득한 밀떡과 고소한 튀김, 자극적이지 않으면서도 매콤한 맛이 살아 있는 떡볶이 국물을 적신 순대의 조화는 평생 이것만 먹어도 질리지 않을 거라는 확신을 안겨줬다. "잘 가요, 또 와요"라는 주인아주머니의 중독성 있는 말투도 친구들 사이에서 인기 만점이었다. 당시 하도 따라했던 나머지, 나는 지금도 그 억양을 고스란히 재연할 수 있다.

참 많은 날을 영광분식의 떡볶이와 함께했다. 나와 친구들의 생일, 시험 잘 본 날, 시험 망친 날, 우울한 날, 기분 좋은 날, 갖다 붙일 수 있는 거의 모든 이유의 날들에 영광세트를 먹으러 갔다. 보통 셋이 한 판을 먹으면 적당한 양이었지만, 나와 친구들의 먹성은 실로 대단했다. 두당 한 판을 시켜놓고 매번 가뿐하게 먹어치우곤 했다. 당시 신림동 순대촌에 '백순대' 열풍이 불어닥쳤을 때도 나와 친구들은 어쩌다 둘이 한 판을 먹을라치면 양이 부족해서 "이모, 순대 추가요!" "이모, 쫄면 추가요!" 같은 추가 사항을 잔뜩 외치고 말았던 것이다. 어찌된 일인지 나와 붙어 다니던 고등학교 3학년 1년 동안 홀로 20킬로그램 가까이 체중이 불어버린 비운의 친구 H는 그때를 "우리 모두 정말 미친놈처럼 먹었던 시절"이라고 회상한다.

고등학교를 졸업한 이후에도 종종 영광분식의 떡볶이

맛이 생각났다. 몇 번인가 찾아가긴 했지만, 스무 살 때 가족이 부천으로 이사를 하면서 나는 나고 자란 상도동과 멀어졌고 영광분식과도 점점 멀어졌다. 몇 년 후 영광분식이 없어졌다는 소식을 들은 나와 친구들은 진심으로 안타까워했다. 지금도 아주머니의 안부가 가끔 궁금하다. 안타까운 사연으로 문을 닫은 게 아니라, 더 좋고 넓은 환경의 가게로 이전하셨기를 진심으로 바란다. 아니면 돈을 주체할 수 없을 만큼 많이 벌어 가게를 접고 편히 놀고먹는 삶을 영위하고 계시기를.

모두가 떡볶이를 좋아하는 줄 알았는데, 별 관심이 없는 사람도 있다는 것도 알게 됐다. 스무 살 무렵에는 과방에서 친구가 꺼낸 한마디가 나를 충격에 몰아넣었다. "떡볶이를 왜 먹어? 씹기 귀찮은데." 왜 귀찮지. 대체 무엇이 귀찮단 말인가. 재는 감자탕 같은 술안주는 뼈째 들고 그렇게 잘만 뜯어 먹으면서 왜 떡볶이를 씹는 것은 하찮게 생각한단 말인가. 꼭 떡볶이 때문만은 아니었겠지만, 그 친구와는 졸업할 때까지 그닥 가까워지지 못했다.

어릴 땐 어려서 좋아하는 줄 알았지만 그게 아니었다.

성인이 된 이후에도 떡볶이를 향한 나의 사랑은 멈추지 않았다. 특히 야근의 피로로 물에 젖은 미역처럼 몸이 흐물거릴 때, 퇴근길 역 앞에서 떡볶이를 파는 트럭을 마주하면 다시 힘이 나곤 했다. 떡볶이 1인분에 오징어 튀김 하나, 김말이 하나. 종이컵에 얻어 마시는 어묵 국물 한 잔. 그게 하루의 피로를 씻어주는 낙이었다. 쉬는 날이면 느끼한 음식을 먹고 매콤한 게 필요하다며 떡볶이를 찾고, 디저트가 필요하다고 아이스크림을 찾고, 다시 따뜻한 음식을 먹고 또 떡볶이로 돌아오는 미친 맛의 굴레에 자발적으로 빠져들며 행복해했다. 어쩌면 내가 사회인으로 크게 절망하지 않고 여기까지 온 데에도, 떡볶이의 힘이 어느 정도 발휘되고 있는지 모른다.

지금도 떡볶이이기만 하다면야 아무 데서나 아무거나 잘 먹는다. 길거리 포장마차에서도 잘 먹고, 즉석떡볶이도 잘 먹고, 짜장떡볶이도 좋아한다. 어묵이 많이 들어간 것도 좋아하고, 떡만 많이 든 것도 좋아한다. 국물떡볶이도 좋아하고, 국물이 거의 없는 떡볶이도 좋아한다. 체중 감량을 할 일이 있을 때도 떡볶이만은 포기하지 못한다. '떡볶이 좋아하는 사람 치고 나쁜 사람 없다'는 나만의 이론을 조심스레 주장한다. 아마 평생 이렇게 살아갈 것이다.

나이를 먹으면서 맛있다고 느끼는 것들은 한층 다양해졌다. 하지만 내게 떡볶이는 여전히 소박하고 맛있어서 가장 좋은 음식이다. 포크나 꼬치로 콕콕 찍어 하나씩, 누구와 어떻게 먹어도 좋은 그 소탈함이 마음에 든다. 세상의 많은 것이 천정부지로 몸값을 불려갈 때, 여전히 몇 천 원 안팎이면 사람들에게 한 끼 식사와 기분 좋은 간식이 되는 이 음식이 나는 못내 사랑스럽다. 세상에는 이런 만만한 소울 푸드도 존재해야 하는 것이다.

## 무탈한 하루와 아침 식사의 상관관계

**플레전트빌**
게리 로스, 1998
×
**사랑의 블랙홀**
해럴드 래미스, 1993
×
**펄프 픽션**
쿠엔틴 타란티노, 1994

버터 올린 팬케이크와 에그 스크램블, 구운 베이컨, 토마토소스에 졸인 콩과 리필 가능한 커피의 조합으로 이뤄진 미국식 아침 식사 메뉴를 사랑하는 개인적 성향 때문일까?

한때는 도심의 회사 밀집 지역에 이런 메뉴들로 아침 식사를 파는 식당을 열고 싶다는 꿈을 정말 진지하게 꾸었다. 나는 세련된 색감의 타일을 골라 만든 파스텔톤의 주방에서 요리하고, 손님은 소박하지만 음식에 더없이 잘 어울리는 플레이트에 따뜻하게 차려진 한 끼를 먹는 아침. 출근길 바쁜 회사원들의 발길을 사로잡는 '핫 플레이스'로 등극하지 않을까. 어느 날 신이 나서 계획을 이야기하는 내게 누군가가 이런 질문을 던졌다. "그거 맥도날드 맥모닝이랑 뭐가 다른 거니?" 세계적인 대형 프랜차이즈의 발 빠른 영업 방식을 미처 떠올리지 못했던 나는 그날로 바로 꿈을 접었다.

개인적인 취향이지만 휴일의 첫 끼는 브런치 메뉴들을 즐긴다. 내가 선호하는 건 앞서 언급했던 메뉴들의 변형이다. 썰어봐야 몇 조각 나오지도 않는 납작한 팬케이크는 별로 좋아하지 않기 때문에 통통한 수플레로 굽는다. 가끔은 이걸 프렌치토스트로 바꾸기도 한다. 바닐라빈을 넣고 데운 우유에 달걀을 풀어 넣고, 오렌지나 레몬 껍질을 갈아 만든 필을 뿌려준다. 여기에 폭신한 식빵을 적셔서 버터를 두른 팬에 구워낼 때의 냄새! 이 행복의 냄새는 할 수 있다면 매일 집 안에 가득 퍼지게 만들고 싶을 정도다. 메이플 시럽을 추가하고 슈가 파우더를 솔솔 뿌려 얹어 마음에 드는 플레이트에 담아내면 여기엔 뭘 곁들여 먹어도 근사하다. 아보카도를 썰어도 좋고, 베리 종류도 좋고, 함께 마실 커피나 음료는 빠뜨리면 곤란하고.

나는 진심으로 탄수화물이 인류 평화에 기여하고 있다고 믿는다. 타인을 향한 애정, 너그러운 마음씨와 예절, 그런 게 다 탄수화물에서 나오는 것 아니냐는 말이다. 첫 끼는 되도록 탄수화물을 제외하고 채소를 풍부하게 섭취하는 게 좋다는 정론은 때론 나를 지치게 만든다. 어쩌다 탄수화물은 건강과 다이어트의 주적이 됐을까. 그럼에도 어쩔 수 없이 체중과 건강을 염려하며 식재료를 고를 때 칼로리를 따지고 계산하는 내 모습을 발견할 때마다 사는 게 매우 덧없이 느껴진다. 인생은 왜 이 맛과 저 맛 사이가 아니라 저칼로리와 고칼로리 사이란 말인가.

이런 취향으로, '아침 식사' 하면 내가 제일 먼저 떠올리는 영화들은 거의 다 미국 영화다. 게다가 대부분 1990년대 작품이다. 그중에서도 〈플레전트빌〉(1998)의 아침 식사 장면은 생각만 해도 행복하다. 느닷없이 TV 속 흑백 세상으로 빨려 들어간 데이빗(토비 맥과이어)과 제니퍼(리즈 위더스푼) 남매는 애청 프로그램이던 시트콤 '플레전트빌'의 세상을 누리게 된다. 이 시트콤의 배경은 1950년대. 미국이 풍요와 번영의 시대를 누리던 시절이다. 동시에 글루텐이 없는 빵이나 건강 스무디 같은 건 아예 존재하지 않던 시절이기도 하다. 남매는 산더미같이 쌓인 데다 메이플 시럽까지 듬뿍 뿌려진 팬케이크, 튀겨지다시피 바삭바삭 구워 나온 베이컨과 비스킷 등으로 꾸려진, 건강에 대한 염려라곤 조금도 없는 '탄수화물 대잔치' 아침상을 보고 눈이 휘둥그레진다. 나는 이 장면을 처음 봤을 때 나직이 탄식을 뱉고 말았다. 아, 옛날이여. 민망한 얘기지만 이 영화의 다른 장면들은 기억도 잘 안 난다.

〈사랑의 블랙홀〉(1993)의 필 코너(빌 머레이)의 아침 식단도 떠오른다. 방송국 기상캐스터인 그는 한 마을의 성촉절(Groundhog Day) 행사를 보도하러 왔다가 알지 못할 이유로 같은 하루가 계속해서 반복되는 타임 루프에 갇히게 된다. 극단적인 선택, 즉 스스로 죽는 길을 택해도 결과는 마찬가지일 뿐이다. 내게 실제로 이런 일이 일어난다면, 일단 같은 식단을 끝도 없이 먹어야 한다는 사실에 크게 절망할 것 같다. 도합 여섯 끼 이내에 동일한 메뉴를 또 먹는 걸 최대한 피하는 나로서는 필 코너의 타임 루프가 극심한 저주처럼 느껴진다. 그날의 기분에 따라 음식을 고를 수 없다니. 매번 다른 맛에 감탄하며 내 이와 혀와 식도와 하여간 모든 신체 기관에 감사하는 순간을 누릴 수 없다니.

그는 자포자기에 가까운 심정으로 최대한 이 상황을 즐겨보고자 한다. 어차피 똑같은 하루가 반복되니 다이어트도 필요 없다. 어느 날 그는 아침부터 생크림과 온갖 글레이즈가 잔뜩 올라간 도넛, 딸기를 듬뿍 갈아 넣은 셰이크를 덥석덥석 집어 먹고 마신다. 커피도 주전자째 들이켜는 그를 보며 놀란 PD 리타(앤디 맥도웰)가 묻는다. "비만이나 암 같은 건 걱정도 안 돼요?" 의미심장한 미소를 지은 채 도넛으로 손을 뻗는 코너. 타임 루프 안에 갇히고 만 그에게 건강 문제는 남 얘기일 뿐이다. 그러니까 지금의 이 아침 식사는 어제도, 그제도, 또 그 전날도 계속해서 반복됐던 식단이다. 어차피 내일이면 또 다시 반복될 하루와 지겹도록 똑같은 식단. 코너는 그나마 매일 다른 접근법으로 이 권태를 이겨내고 있다. 이

날은 폭식의 날인 것이다. 어떤 날은, 생크림 위에 올린 딸기만 괜시리 집었다 놨다 하는 날도 있고 말이다. 그래도 여긴 마음대로 먹기나 하지. 쿠엔틴 타란티노 영화 속 주인공들이라면 얘기가 달라진다.

〈펄프 픽션〉(1994)은 다소 똑똑하지 않은 한 커플이 아침부터 식당에서 강도 행각을 벌이는 장면으로 시작한다. 모든 난리법석을 거쳐 영화가 거의 끝나갈 때쯤 감독은 그날 그 식당에서 범죄 조직의 일원 빈센트(존 트라볼타)와 쥴스(사무엘 L. 잭슨) 역시 식사 중이었다는 사실을 관객에게 알려준다. 방금 거사를 치르고 돌아온 두 사람은 하와이안 티셔츠에 반바지라는, 두 사람의 직업(?)과 전혀 어울리지 않는 차림새로 식사 중이다. 우리가 지금 무슨 짓을 하고 왔는데, 팬케이크 한 장 마음 편히 못 먹게 하는 저 피라미들은 뭐야? 나는 가끔 분연히 포크를 내려놓은 쥴스 앞에 우스꽝스럽게 놓인 접시가 떠오른다. 우리 모두가 일상적으로 생각하는 평범한 아침 식사라는 게, 어떤 누군가의 상황에서는 이다지도 쉽지 않은 것이다.

여기까지 말하고 보니 타임 루프에 갇힐 리도 없고, 거사를 치를 일도 없는 나는 문득 행복한 고민에 빠진다. 내일 아침엔 또 뭘 먹으면서 하루를 시작하지?

## 운명적 사랑을 결정하는 약간의 단맛

**시애틀의 잠 못 이루는 밤**
노라 에프론, 1993

메뉴 고민을 좀처럼 오래 하는 편은 아니지만 케이크는 예외다. 그날 먹고 싶은 종류는 주문 직전까지 매번 바뀐다. 꾸덕꾸덕한 치즈를 먹고 싶을 때가 있고, 폭신한 생크림을 먹고 싶을 때가 있고, 초코 맛이 진하게 나는 것도 좋고. 일단 케이크를 좋아해서 그런 것 같다. 매일 먹는 것도 아니니까, 기왕 먹을 때는 그날의 기분에 완벽하게 잘 맞는 것으로 고르고 싶다.

그나마 고민 시간이 줄어드는 건 메뉴판이나 진열대에 티라미수가 있을 때다. 언제 처음 먹어보았는지 기억나지 않지만, 티라미수는 예나 지금이나 전혀 물리지 않는 마성의 디저트다. 크림이 적당히 배합되어 부드러운 치즈와 커피 향이 배어 나오는 폭신한 빵, 소복하게 쌓인 쌉싸름한 코코아 가루까지. 질감과 향, 맛의 풍성한 조화가 훌륭하다. 워낙 좋아하다 보니 이탈리아를 갔을 때는 물론이고 한국에서 맛있다고 입소문 난 곳은 거의 다 찾아가 먹어본 것 같다. 특히 이태원의 B 레스토랑에서 판매하는 티라미수의 맛은 예외가 없어 꽤 오래 좋아했고, 주변에 선물도 자주 했다. 몇 년 전 백화점 식품 코너에 입점됐을 때, 그 소식을 듣고 제일 기뻐한 사람은 B 레스토랑 사장님 다음이 나일 거라고 자신할 수 있다.

재료를 사다가 집에서도 가끔 만들곤 한다. 이 레시피는 20대 때 친구가 가르쳐준 것이다. 스무 살이 넘자마자 훌쩍 독일로 유학을 가버린 친구는 독일 사람을 만나서 결혼을 했고, 이후 아이를 낳아 예쁜 가정을 꾸렸다. 독일에 놀러 갔을 때 친구가 만들어준 티라미수는 과정이 복잡하지도 않았고, 일단 충격적으로 맛있었다. 그걸 먹으러 독일 친구 집에 가고 싶다고 문득 생각한 적도 있을 정도다.

친구는 자신의 레시피가 이탈리아 가정에서 주로 만드는 방식이라고 했다. 준비물은 '레이디핑거'라는 별칭을 가진 이탈리아 쿠키인 사보이아르디, 진하게 추출한 커피(혹은 에스프레소), 생크림, 달걀, 마스카포네 치즈, 코코아 가루. 방법은 정말 간단하다. 쿠키에 커피를 적시듯 바르고 다회용기에 깔아준다. 거품이 올라올 정도로 휘저은 달걀흰자, 설탕을 섞어 따로 중탕해둔 노른자, 마스카포네 치즈, 생크림을 한데 넣고 너무 묽어지지 않을 정도로 잘 섞어준다. 이렇게 완성한 크림을 쿠키 위에 쌓는다. 그러고 다시 커피를 적신 쿠키, 크림을 쌓는 과정을 몇 번 반복한다. 맨 위층에 체에 거른 코코아 가루를 뿌려주면 끝이다. 나는 일단 코코아 가루를 뿌리지 않은 채로 냉장고에 차갑게 넣어뒀다가 꺼내 먹을 때마다 뿌려주는 편이다. 그러면 모양은 덜 망가지고, 코코아 향은 더욱 진하게 올라온다.

하루 묵힌 어제의 카레가 더 맛있듯, 가정식 티라미수 역시 하루 묵힌 어제의 티라미수가 제일 맛있다. 예쁜 플레이트에 옮겨 애플민트나 다른 허브로 살짝 장식을 해도 좋고, 작은 다회용기에 담겨 있다면 그대로 숟가락으로 떠먹어도 좋다. 따뜻한 차나 커피를 준비해 함께 먹는다면 그 자체로 완벽한 디저트가 된다. 친구가 알려준 레시피 덕에 나는 생각날 때 언제든 티라미수를 만들어 냉장고에 넣어둘 수 있게 됐다. 당시에는 많이 알려지지 않았지만, 요즘은 인터넷 검색만 해보면 바로 나오는 레시피가 되어버렸다. 그래도 이 티라미수는 여전히 내게 친구의 레시피다. 자주 볼 수 없는 친구가 생각나는 추억의 맛.

티라미수 하면 가장 먼저 떠오르는 영화는 〈시애틀의 잠 못 이루는 밤〉이다. 아내와 사별한 뒤 시애틀로 이사 온 샘(톰 행크스)이 심야 라디오 프로그램에 사연을 보낸 깜찍한 아들 조나(로스 맬링거) 덕분에 애니(멕 라이언)라는 운명의 여성을 만나게 되는 내용이다. 요즘은 좀체 보기 힘든, 낭만적 운명론에 근거한 로맨스물이다. 이 영화 속 인물들이 티라미수를 먹는 장면은 없다. 오직 대사로만 언급되는데, 그 덕에 나는 티라미수에 대한 새로운 정보를 알게 됐다.

이성과의 데이트가 까마득해진 샘은 동료와 점심을 먹으며 '요즘 데이트'에 대한 이야기를 나눈다. 그때 동료 제이(롭 라이너)가 느닷없이 한마디를 던진다. "티라미수." 캐주얼한 분위기의 해산물 레스토랑에서 갑자기 튀어나오기엔 전혀 어울리지 않는 단어다. "티라미수가 뭔데요?" 어리둥절한 표정으로 묻는 샘에게 제이는 다시 얘기한다. "알게 될 거야." 그러고 또 덧붙인다. "자네도 좋아하게 될 거야." 처음 이 장면을 볼 때 나도 샘처럼 이 말을 온전히 이해하지 못했다. 그저 데이트할 때 티라미수를 같이 먹으라는 얘긴 줄 알았다. 일종의 팁처럼 알려준 것 같은데 그게 어떤 의미를 가지는지는 전혀 몰랐다.

지금이야 티라미수가 디저트의 한 종류라는 걸 많은 사람들이 알지만, 영화가 처음 개봉했을 당시에는 나 같은 관객이 많았던 모양이다. 티라미수가 등장하지도 않으면서 갑자기 티라미수를 언급하는 이 장면 때문에 당시 제작사인 트라이스타 픽처스 사무실로 티라미수의 의미를 묻는 전화가 하루 25~30통씩 걸려왔다고 한다. 담당자들이 그저 음식일 뿐이라고 대답하면 "말도 안 된다"며 실망하고 화를 내는 관객들도 있었다고. 급기야 트라이스타 픽처스는 티라미수를 영화 홍보 캠페인 음식으로 사용하기 시작했다. 감독인 노라 에프론의 레시피가 공개됐고, 미국의 유명 아침 방송 프로그램인 '굿모닝 아메리카'는 티라미수 열풍에 대한 내용을 방송했다. 당시 트라이스타 픽처스가 LA와 뉴욕 최고의 셰프들을 고용해 티라미수를 만든 다음, 해당 도시의 비평가들에게 광고로 제공했다는 뒷이야기도 있다.

성인이 된 후 이 영화를 다시 보게 됐을 때, 대화의 맥락에 성적인 코드가 숨겨져 있다는 것을 눈치채게 됐다. 문득 다시 궁금해진 나는 검색을 통해 티라미수의 기원을 파헤쳤다. 이탈리아의 트레비소 지역의 한 레스토랑에서 1960년대에 발명된 이 음식은 성매매업소가 고객들에게 제공하던 일종의 최음제 디저트에서 출발했다. 티라미수를 만들 때 향을 위해 바닐라 빈이나 달콤한 술을 조금 넣기도 하는데, 이런 기원이 있을 줄은 꿈에도 몰랐다. 처음에는 좀 더 간단한 레시피였고, '스바투딘'이라 불렸다고 한다. 달걀노른자에 설탕을 섞어 만든 것을 뜻하는 단어다. 기본적으로 이탈리아에서는 이걸 먹는 게 활력에 도움이 된다고 믿었던 모양이다. 어떤 기사에는 '무덤에서도 일어날 활력'이라는 믿지 못할 표현마저 쓰고 있었다. 전기가 보급되어 냉장고 사용이 일반화되기 전까지 이 음식은 트레비소 지역에서만 알려졌다고 한다. 이후 이름이 바뀌어 불리기 시작한 '티라미수'의 뜻은 '나를 끌어올려줘(lift me up)'다. 무엇을 끌어올려달라는 건지는 여러분의 상상에 맡긴다.

좋아하는 음식이 지닌 뜻밖의 섹슈얼한 역사는 매우 당혹스러웠다. 이 매혹적인 디저트를 대하는 나의 태도를 조금 고민하게 되기까지 했다. 몰라서 그렇지 알고 나면 난감해질 음식의 기원이 참 많겠구나 싶었다. 하지만 대중적으로 널리 유행하게 된 계기는 출산 후 기력을 차리기 위해 티라미수를 만들어 먹은 임산부에게서라는 내용까지 찾아 읽고는 안심하고 계속 티라미수를 사랑하기로 했다. 어쩐지 기운이 없거나 기분이 가라앉을 때마다 유독 먹고 싶더라니.

참고로 영화에서 샘과 제이가 티라미수 이야기를 나눴던 시푸드 레스토랑은 시애틀의 파이크 플레이스 마켓 안에 있다. 늘 사람들로 북적이고, 격식을 차릴 것도 없이 편하게 음식을 먹을 수 있는 곳이다. 들어서자마자 영화에서 본 것과 똑같은 풍경이 펼쳐진다. 두 사람이 앉았던 바의 코너 좌석에는 각각 '〈시애틀의 잠 못 이루는 밤〉의 톰 행크스/롭 라이너가 앉았던 자리'라고 표시되어 있다. 이 레스토랑에서 티라미수도 팔면 좋을 텐데. 잘 모르긴 해도 영화의 추억을 찾아온 관광객들에게는 최고의 선물이 되지 않을까?

# 마음을 쓰는 능력

**우리들**
윤가은, 2015
×
**우리집**
윤가은, 2019

윤가은 감독의 첫 장편영화 〈우리들〉을 처음 봤을 때, 많은 관객이 그랬듯 나 역시 새로운 세계를 마주한 충격에 휩싸였다. 수많은 영화와 드라마에서 목격한 아이들의 모습이 떠올랐고, 거기에서 느껴지던 옅은 위화감이 무엇인지 깨달았다.

대부분의 어린이 캐릭터는 어른의 세계에 어쩔 수 없이 휘말려 초대된 손님이나 어른을 각성시키는 최후의 배경처럼 복무하고 있었다. 아이만의 오롯한 서사와 감정은 거기에 없었다. 어쩌다 아이들만 등장하는 작품을 본다 해도 그건 어른의 말과 시선으로 대상화되어 가공된 결과물에 가까웠다. 〈우리들〉은 '진짜' 아이들의 세계였다. 누군가의 회상이나 아이들 곁에 있는 성인의 시선을 옮긴 것이 아니라, 그들만의 온전하고 유기적인 세계.

피구 게임을 위해 팀원을 차례로 골라 가는 아이들 사이에서 이리저리 눈치를 보는 선(최수인)의 모습이 등장하는 첫 장면부터, 나는 속절없이 영화에 마음을 내어주게 됐다. 이 장면은 별다른 이유도 없이 반 아이들로부터 소외된 선의 상황을 직관적으로 보여준다. 목소리로만 정체를 짐작할 수 있는 다른 아이들은 선을 고르지 않기 위해 최선을 다한다기보다 아예 선을 없는 사람 취급하고 있다.

생각해보면 선택하고 선택당하는 상황은 학창 시절 내내 모두에게 긴장감을 선사하곤 했다. 키 순서와 출석 번호가 아닌 스스로 원하는 짝꿍을 정하게 하는 방식은 정말 자율적이었나. 혹시 배제에 대한 너무 이르고 아픈 체험으로 남았던 건 아닐까. 여기까지 생각이 미치자, 나는 영화를 보는 스스로의 자세를 다시금 바로잡았다. 관객으로서 내 역할을 분명하게 자각했기 때문이다.

개인적 경험을 반추하며 내가 통과한 특정 시기에 아이들을 대입할 것이 아니라, 이 흥미진진한 세계에 초대된 한 명의 관찰자로서 성실하게 응시할 것. 개인적인 추억 여행은 영화가 끝난 뒤에 시작해도 늦지 않았다.

영화에는 나와 가족이라는 울타리를 벗어나 친구라는 새로운 관계를 맺을 때 통과할 수밖에 없는 온갖 어려움과 당혹감들이 선명하게 새겨져 있었다. "애들이 무슨 고민이 있냐"는 선의 아빠(손석배)의 예상과는 달리, 아이들은 매일 홀로 해결해야 할 산더미 같은 고민들과 마주하느라 밤잠까지 설치고 있었다. 친구와 마음의 크기와 상태가 똑같으면 좋을 텐데, 그것은 애초에 불가능하다.

미묘하게 어긋나는 감정들은 오해의 크기를 눈덩이처럼 불린다. 소중하게 지켜주기로 마음먹었던 서로의 비밀들이 폭로전의 무기로 탈바꿈한다. 부모님과 할머니, 선생님도 이 세계를 온전히 이해할 순 없다. 세상 가장 친한 친구였다가 어느덧 가장 얄미운 존재가 되어버린 선과 지아(설혜인). 오직 둘만이 그들 관계의 어려움을 해결할 수 있는 주체이다.

영화는 두 친구 사이에 미묘한 틈이 벌어지기 시작하는 모습을 '오이김밥'을 통해 보여준다. 나는 〈우리들〉을 볼 때마다 이 시퀀스의 유려한 흐름에 감탄하곤 한다. 가까운 존재에게 마음이 상하는 건 아주 사소하고 개인적인 체험인데, 윤가은 감독은 놀랍도록 세밀한 묘사로 이 과정을 설득력 있게 그려낸다.

지아는 여름방학을 맞아 선의 집에서 숙식하는 중이다. 선은 그런 지아를 위해 엄마표 오이김밥을 대접하고 싶다. 지아보다 먼저 일어나 오이김밥을 만들어달라 조르던 선과 엄마(장혜진) 사이에는 곧 사랑스러운 실랑이가 벌어진다. 마침 뒤척이다 잠에서 깬 지아가 열린 문틈으로 이 광경을 본다. 부모의 이혼으로 할머니와 지내는 지아는 순간 마음이 상한다. 선에게는 의도가 없었지만, 지아에게는 엉뚱한 결과로 가닿은 것이다.

선의 엄마가 출근한 뒤 방에서 나온 지아는 설레는 표정의 선과 오이김밥을 부러 보는 둥 마는 둥 한다. 하나만 먹어보라는 선에게 "배 안 고파"라고 새침하게 응수한 지아는 이내 과자 봉지에서 태연하게 과자를 꺼내 집어 먹는다. 지아가 김밥의 존재를 무시하자 선은 무안해진다. 이윽고 지아는 일종의 선을 넘는다. "근데 너네 집은 왜 이렇게 덥냐?" 지아네 집에 있는 에어컨이 선의 집에는 없다. 심지어 사전에 양해를 구했던 부분이기도 하다. 질책하듯 묻는 지아의 질문을 들은 선의 얼굴에는 당혹감이 번진다.

이후 마음을 다친 아이들이 서로에게 자기가 받은 상처를 되돌려주려 애쓰는 과정은 웬만한 스릴러 못지않았다. 개봉 후 윤가은 감독은 편집 단계에서 이 과정을 반복해 지켜보는 게 너무 힘들어서 아이들이 감정싸움을 하지 않는 차기작을 떠올렸다고 털어놓기도 했다. 그러나 이런 갈등에 대한 명민한 해답을 찾고 제시하는 것 역시 당사자인 아이들이라는 점에서, 나는 윤가은 감독만의 윤리적이고도 사려 깊은 영화가 만들어졌다고 생각한다.

해답은 뜻밖의 곳에서 발견된다. 선은 매일 친구에게 맞고 들어오면서도 그 친구와 계속 친한 관계를 유지하는 동생 윤(강민준)을 이해할 수 없다. 그때 윤의 대답은 가히 예술에 가깝다. "(매번 싸우기만 하면) 그럼 언제 놀아?" 그냥 조금씩 양보하고 같이 놀아. 그게 중요하잖

아. 솔로몬이 살아 돌아온다고 해도 이보다 현명한 판결을 내리지는 못하리라.

아이들이 좋아하는 음식, 혹은 아이들이 직접 만든 요리는 윤가은 감독의 영화에서 중요한 부분을 차지하곤 한다. 〈우리들〉에서는 오이김밥으로 아이들의 감정싸움이 촉발됐고, 감독의 두 번째 장편영화 〈우리집〉에서는 아예 요리하는 것을 좋아하는 소녀 하나(김나연)가 주인공으로 등장한다.

하나는 달걀을 이용한 요리에 능통하다. 프라이는 기본이고, 오므라이스도 곧잘 만든다. 새로 사귄 옆 동네 친구인 유미(김시아)와 유진(주예림) 자매에게 오므라이스를 만들어 줄 때 하나의 표정은 정말 뿌듯하고 의연해 보인다. 요리는 가족을 한자리에 모이게 만들고 싶은 하나의 마음을 대변하는 행동이기도 하다. 이혼 직전인 부모님과 반항적인 오빠까지 한 테이블에 앉히는 거의 유일한 방법은 함께하는 식사다. 그러나 하나의 작전은 매번 실패한다.

〈우리집〉 개봉 직후 윤가은 감독과 인터뷰를 할 때 요리를 좋아하는 하나의 캐릭터에 대해 물은 적이 있다. 감독은 인물의 성격을 보여주기 위한 장치로 요리를 떠올렸다고 했다. "유독 주변 사람에게 마음을 많이 쓰는 사람이 있잖아요. 그건 마음을 받는 사람들이 먼저 눈치 채주기도 어렵고, 공부를 잘하는 것처럼 즉각적으로 좋은 평가를 받지도 못해요. 다만 그 마음 자체가 뛰어난 능력인 거죠. 하나가 마음을 많이 쓰는 캐릭터가 되길 원했고, 그 능력이 바깥으로 발현되어 나오는 어떤 형태가 있었으면 했어요. 누군가에게 요리를 해서 음식을 먹인다는 건 최대한의 마음을 담는 행동이니까요."

나에게 소중한 것, 혹은 상대가 기뻐할 만한 무언가를 주고 싶은 건 누군가를 좋아하고 아끼는 마음의 본질이다. 이 마음은 나이와 성별을 가리지 않는 일종의 불문율과 같다. 〈우리들〉을 다시 떠올려보면, 사이가 멀어지기 전에 두 소녀는 서로에게 끊임없이 무언가를 주고 싶어 했다.

선은 한두 번 해본 게 아닌 듯 익숙한 솜씨로 김치볶음밥을 만들어 지아에게 대접하고, 지아는 선이 갖고 싶어 매번 만지작거리기만 하던 고가의 색연필 세트를 (부정한 방식으로) 준다. 우울한 지아를 위해 선이 생각해낸 기분 전환 방법은 손톱에 봉숭아물을 들여주는 것이다. 영어 학원을 다니게 된 지아는 선도 같이 다녔으면 하는 마음에 아빠에게 말해 학원비를 대신 내주고 싶어 한다. 때론 상대의 기분을 온전하게 헤아리지 못한 서툰 방식일지라도, 마음의 본질은 같다.

자기 자신보다 가족이나 친구의 감정을 더 살피고, 할 수 있는 최대한의 정성으로 상황을 바꾸기 위해 힘쓰는 정 많고 속 깊은 여자아이들. 나는 윤가은 감독 영화 속 아이들에게 늘 마음이 쓰인다. 일정 부분 나와 닮은 모습을 하고 있기 때문이다. 아이들의 고민은 한때 내가 심각하게 고민했던 지점과도 연결된다. 나는 왜 나의 기분보다 남의 기분을 먼저 생각하는가. 나는 왜 이렇게까지 타인에게 마음을 많이 쓰는 인간인가. 작게는 '좋아하는 이들에게 직접 만든 요리를 대접하고 싶어 한다'는 포인트마저 닮았다.

나는 이 분야에 있어서 좀 지나친 편에 속한다. 좋아하는 사람을 위해 무리를 감행하는 건 거의 일상이다. 심지어 평생 고치지 못할 습관 같기도 하다. 다음 날 오

전부터 굵직한 스케줄이 있어도 친구들이 그 전날만 시간이 가능하다면, 나는 그날 모두를 불러 요리를 해준다. 약속 시간 전에 부지런히 할 일을 미리 해두고, 다 못 한다면 그다음 날 새벽같이 일어나서 마저 일한다. 얼마 전에도 이런 일이 한번 있었고, 후에 사정을 알게 된 친구들은 "배달 음식을 시키거나 약속 날짜를 미루면 될 걸 왜 그런 무리를 했냐"고 나를 걱정하며 말했다.

그러게. 나도 이유는 알 수 없다. 사랑받고 싶은 마음? 그런 것도 있겠지만 확실히 그게 전부는 아니다. 그저 그렇게 하는 것이 내 기분을 더 행복하게 만들기 때문이다. 윤가은 감독의 말처럼, 세상에는 주변에 마음을 많이 쏟는 유형의 사람이 있다. 이 능력은 후천적으로 발달하기도 하지만, 대부분은 그냥 타고난 기질 같은 것이다. 아끼는 이들에게 내가 할 수 있는 최대한으로 마음을 쏟지 못하는 상황이 나는 때로 더 불행하게 느껴진다.

존경하는 연출자이자 친한 친구이기도 한 윤가은 감독은 나조차 이유를 온전히 알 수 없는 이런 친구 우선 중심 사고에 '성실한 우정'이라는 병명(?)을 붙여줬다. 나는 어쩐지 그 다정한 단어가 아주 마음에 든다.

## 망할 수도 있어, 그래도 즐거웠으니까 괜찮아

에드 우드
팀 버튼, 1994

직업상 자주 받는 질문이 몇 개 있다. 크게 세 개의 카테고리로 나누자면 다음과 같다. 요즘 (영화) 뭐가 재밌어요? 실제로 보면 누가 제일 잘생겼어요(혹은 예뻐요)? 인생 영화는 뭐예요?

지금은 판매가 금지됐지만, 과거 한라산 윗세오름 정상 매점에서 컵라면을 팔던 시절. 과장을 조금 보태자면 3초 만에 한 개씩 컵라면이 팔려 나가는 모습을 보면서 궁금증이 도진 나는 주인아저씨께 물어본 적이 있다. “하루에 컵라면이 대체 몇 개나 팔려요?” 굼뜨게 행동하는 게 최고의 민폐일 듯한 대기줄 맨 앞자리에서, 뜨거운 물을 받는 찰나를 이용해 간신히 물었던 그 질문에 대한 답은 놀랍게도…… 전혀 기억나지 않는다. 내가 받는 질문도 그런 유의 질문이라고 생각한다. 오래 기억할 대단한 답변을 기대하는 게 아니라, 즉각적이고 순수한 호기심이 일종의 스프링처럼 튀어나온 것이라고.

그래도 처음에는 대답하는 일이 생각보다 간단하지 않았다. 일단 첫 번째 질문. 매일 박스오피스 동향 기사를 쓰지 않는 한 지금 극장가에서 어떤 영화가 상영되고 있는지 바로 떠올리는 건 생각보다 어렵다. 관계자들은 개봉일보다 빠르면 2주 정도 먼저 영화를 보기 때문이다. 물론 이건 형편없기로 유명한 나의 기억력 문제일 수도 있다. 어쩌다 상영 중인 영화들이 생각난다 해도, 재미를 느끼는 건 너무 상대적인 감각이라 우물쭈물하게 된다. 너무 좋아하는 상영작의 경우 제대로 만족스럽게 '영업'하지 못해 후에 괜히 괴로워지기도 한다. 그 영화를 그렇게밖에 설명하지 못하다니 영화 전문기자로서 자격이 없어! 빵점이야!

두 번째 질문. 외모 취향이야말로 사람마다 너무 다양

하기도 하고, 배우들은 화면으로 보나 실물로 보나 거의 비슷하기 때문이다. 너무 재미없는 대답일지 모르겠지만, 화면에서 출중한 외모는 실물을 접해도 마찬가지다. 이런 이유로, 때론 생각나는 대로 무난한 상대를 돌려 말하기도 한다. 인터뷰할 때 같은 질문을 너무 많이 받으면 스스로 지겨워지지 않기 위해 여러 가지 답변을 돌려가며 얘기한다던 모 배우의 지혜는 이럴 때 퍽 유용했다. "역시 강동원 씨 아니겠어요?", "박보검 씨는 얼굴에서 음이온이나 피톤치드가 나오는 것 같던데요. 보기만 해도 기분 좋아지잖아요." 여담이지만 그 와중에 '박보검 음이온 생산설'은 200퍼센트 진심이다.

제일 어려운 건 세 번째 질문이다. 적당히 품위를 유지하면서도 질문하는 사람이 쉽게 떠올리지 못할 법한 그럴싸한 인생 영화를 이야기하고픈 내 안의 속물근성 때문이다. 아무도 그런 걸 기대하지 않을 텐데 왜 그런 생각을 하는 걸까. 주드 애파토우 사단의 일명 '화장실 유머'를 사랑하던 시절에는 머릿속에 불쑥불쑥 떠오르는 코미디 영화 목록을 잠재우느라 애를 먹기도 했다. 그래도 〈사고친 후에〉(2007)는 아직도 종종 언급하곤 한다. 클

럽에서 만난 여자와 하룻밤 불장난으로 아이 아빠가 되기 직전인 아들에게, 아버지는 "인생에 비전이 있냐"고 묻는다. 비전 같은 게 있을 리 없는 우리의 주인공은 물론 없다고 답한다. 그러자 아버지는 이렇게 이야기한다. "그거 잘됐구나. 어차피 인생은 네 비전 따위 신경도 안 쓴다." 인간사 마음먹은 대로 되는 일이 좀체 없다는 이 심드렁한 직언은 그날로 나의 좌우명이 됐다.

그런 내게도 늘 중요하게 언급하곤 하는 단 한 편의 인생 영화가 있다면, 팀 버튼 감독의 〈에드 우드〉다. 열망만 있고 재능은 전혀 없는 비운의 영화인, 에드워드 D. 우드 주니어, 일명 에드 우드의 전기영화다. 역사상 가장 위대한 감독 중 한 명이 됐기 때문이냐고? 오히려 정반대다. 그가 세상을 떠난 지 2년 뒤 할리우드가 그에게 선사한 수식어는 '사상 최악의 감독'. 그도 그럴 것이 〈글렌 혹은 글렌다〉(1953), 〈외계로부터의 9호 계획〉(1958)등 에드 우드가 만든 영화들은 꾸준하게 엉망이었다.

〈에드 우드〉는 재능 0퍼센트의 사나이에게 팀 버튼 감독이 바치는 헌사다. 영화의 첫 장면은 〈외계로부터의 9호 계획〉에게 바치는 오마주이다. 나아가 훗날 팀 버튼은 여기에 상상력을 덧붙여 〈혹성탈출〉(2001)이라는 작품까지 만들기에 이른다. 1994년 작품임에도 흑백영화인 이유는, 에드 우드가 본인의 '연극적 연출'을 강조하면서 늘 흑백영화를 찍었던 것에 대한 팀 버튼 나름의 존경의 표현이다. 자신이 초기작 〈피위의 대모험〉(1985)으로 엄청난 혹평에 시달려본 경험이 있기에 재능 없는 괴짜 감독의 심정을 누구보다 이해할 수 있었던 걸까. 팀 버튼은 에드 우드를 고독한 패배자가 아니라 온갖 멸시 속에서도 영화를 향한 사랑을 놓지 않았던 열정적 감독으로 조명한다.

배우 조니 뎁이 명랑한 톤으로 연기한 에드 우드는 좀체 절망하는 법이 없다. 의상도착증은 본인도 거의 유일하게 괴로워하는 증세이긴 하지만, 어느 순간 그마저도 순응하고 마는 인상이다. 그는 배우가 최악의 연기를 한들, 한쪽 구석에서 세트가 무너진다 한들 일단 카메라가 돌면 무조건 "퍼펙트!"를 외치며 감격에 젖는다. 자신이 만드는 영화 그리고 함께한 배우들을 진심으로 사랑하는 첫 번째 팬이기에 가능한 태도다. 내가 가장 좋아하는 장면 중 하나는 공동묘지 세트장 촬영 신이다. 가뜩이나 가짜 티가 물씬한 종이 비석이 힘없이 넘어졌을 때, 현장에서는 우려 섞인 탄식이 터져 나온다. 그때 에드 우드가 예술적인 한마디를 남긴다. “영화란 거대한 작업이에요. 그렇게 사소한 건 괜찮아요!” 배경 디테일 따위 신경도 쓰지 않는 이 호방한 자신감.

나는 지금도 매사에 자신감이 떨어지고, 꿈이 쪼그라드는 초라한 기분이 들 때마다 이 영화를 꺼내보곤 한다. 컴퓨터 바탕 화면은 언제나 촬영 현장에서 흥분한 표정으로 앉아 있는 에드 우드의 모습으로 해둔다. 원고 작업이 풀리지 않을 때마다 그 사진을 바라보면, 그래도 최소한 한 줄 정도는 쓸 수 있을 만한 희미한 용기의 작용이 내 안에서 일어나는 기분이다. 화가 난 관객들이 극장에서 팝콘을 집어 던져도 일단 영화를 만들 수 있음에 기뻐하는 사람. 모두가 쓰레기라고 욕해도 열정 하나로 꿈을 향한 도전을 멈추지 않는 별난 감독의 이야기가 묘한 힘을 준다. 세상의 모든 결과물은 애정과 열정과 선한 의도에 비례해 나오지 않는다. 우리는 모두가 기억해주는 위대한 작업을 할 때보다 그렇게 될 리 없는 시시한 작업을 할 때가 더 많다. 〈에드 우드〉에는 그런 모두를 위로하는 마음이 있다. 지치지 않고 무언가를 한다는 것. 그 꾸준한 마음이 실은 가장 대단한 것임을 말하는 목소리가 있다.

이 영화가 지닌 또 하나의 진가는 에드 우드와 노배우 벨라 루고시(마틴 랜도)가 나누는 우정을 그리는 방식에서 나온다. 과거 드라큘라 캐릭터로 열연해 명성을 떨쳤던 벨라는 심각한 약물중독에 빠졌고, 이후 내내 퇴물 취급을 받고 있다. 그의 곁에는 가족을 포함해 누구도 남지 않았다. 하지만 줄곧 자신의 우상이었던 벨라를 우연히 만난 에드 우드는 그와 흔쾌히 친구가 되고, 이후 흡사 종이에 도장을 찍듯 함께 영화를 찍어내기에 이른다. 한쪽은 재능 없다며 무시당하기 바쁜 감독이고, 다른 한쪽은 사람들이 모두 '그 사람 아직 안 죽었냐'고 퇴물을 정도로 잊힌 배우다. 하지만 함께일 때 두 사람은 서로에게 재능 넘치는 감독, 최고의 배우가 된다.

극의 후반, 약물중독을 치료하기 위해 재활원에 들어

갔던 벨라는 치료비를 낼 수 없어 쫓겨난다. 차마 사실대로 알릴 수 없을뿐더러 대신 치료비를 내줄 수도 없는 에드 우드는 완쾌됐다는 거짓말을 둘러대며 늙고 지친 벨라를 부축해 나온다. 제작비가 없어 작품 활동이 요원해진 에드 우드가 영화를 찍고 싶다는 벨라에게 해줄 수 있는 거라곤, 그가 집에서 걸어 나오는 장면이라도 일단 찍는 것이다. 물론 영화를 찍는 척하는 시늉에 불과하다.

어느 바쁜 유명 인사가 행사에 가는 장면이라고 둘러대는 에드 우드에게 벨라는 마침 뜻밖의 제안을 한다. "바쁘지 않은 인물이면 어떨까? 그가 천천히 걸으며 인생의 아름다움을 찬미한다면? 피어나는 꽃의 향을 음미한다면?" 어쩌면 영영 세상 빛을 보지도 못할 그 몇 초간의 장면을 찍는 동안 벨라는 그 어느 때보다 진중하게 걷고, 최선을 다해 아름다움을 연기한다.

벨라가 세상을 떠난 뒤, 에드는 편집실 상영관에 앉아 이 영상을 보고 또 본다. 슬픈 마음과 결연한 다짐이 뒤섞인 표정이다. 결국 그 영상은 난해하기 짝이 없는 SF 영화 〈외계로부터의 9호 계획〉의 오프닝 시퀀스로 쓰였다. 물론 그 영화 역시 쓰레기 취급을 받았다. 그래도 나는 자신이 존경하고 사랑했던 노배우의 마지막을 지켜보는 감독의 뒷모습과, 스크린 안에서 혼신의 연기를 펼치는 퇴물 배우의 모습을 사랑한다. 둘에게서는 모두에게 손가락질받는 와중에도 꿋꿋하게 자신의 꿈을 지킨 사람들만이 품을 수 있는 온기가 어른거리기 때문이다. 그 모습은 위대하진 않더라도, 충분히 아름답다.

ED WOOD

# 우리가 체온을 나눌 때

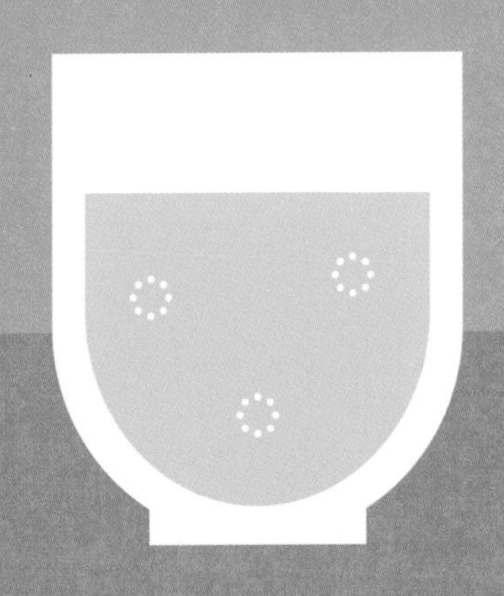

## 고장 난 마음을 견디는 나날

**데몰리션**
장 마크 발레, 2015

박지돌. 지선이를 그렇게 불렀다. 지선이가 자기의 별명이라고 알려줬기 때문이다. 친한 친구들은 다 그렇게 부른다고 했다. 첫 만남의 장소는 몇 년 전 S 방송국 복도였다. 라디오 부스 앞에서 프로그램 녹음을 기다리고 있는데, 앞 타임 녹음을 마치고 나온 사람의 얼굴이 익숙했다. 방송국에서는 가끔 이런 상황을 겪는다. 나는 저 유명인을 당연히 알고, 상대방은 나를 모른다. 수고하세요. 일터에서 흔히들 나누는 가벼운 목례로 상황은 종료된다.

평소 같으면 그게 다였을 텐데, 이날은 내게서 정체불명의 오지랖이 발휘됐다. 용건도 없으면서 괜히 알은체를 하고 싶었다. 단발머리를 찰랑이며 걸어가던 귀여운 뒷모습을 나도 모르게 쫓아갔다. 며칠 후 개봉하는 영화를 두고 우리는 서로 다른 무대에서 관객과의 대화를 진행해야 했다. 그 얘기를 해볼까, 생각하는 사이에 이미 내 입에서는 말부터 튀어나오고 있었다. "저, 박지선 씨. 안녕하세요. 저는 이은선 기자라고 하는데요……."

"아, 기자님! 성함 들으니 알겠어요." 낭랑한 목소리가 화답했다. "못 알아봐서 죄송해요. 쓰신 글이며, 진행하신 관객과의 대화며 찾아보면서 정말 많이 도움받았어요." 쭈뼛대며 다가섰던 게 되레 민망할 정도의 반응이었다. 내 활동을 찾아봤다고? 도움을 받았다고? 의외의 환대 앞에서 내가 무슨 표정을 하고 있었는지는 전혀 모르겠다. 우물쭈물하면서 몇 마디 말을 더 주고받는 사이 눈앞에 휴대폰이 불쑥 튀어나왔다. "번호 물어봐도 돼요? 조만간 만나서 차 한잔하실래요?"

가까운 사이가 된 건 그로부터 시간이 좀 지난 뒤다.

업계의 친한 친구들이 자연스럽게 지돌이와 인연이 생기기 시작했다. 늘 셋이 만나던 모임에 지돌이가 합류했다. 우리는 지돌이의 추천으로 독서 모임을 만들었다. 지돌이에게 우리 말고도 함께 책을 읽는 모임이 몇 개 더 있다는 건 진즉 알았지만, 그렇게까지 많은지는 나중에 알았다. 우리는 돌아가며 서로 추천한 책을 읽었다. 좋았던 구절을 중심으로 생각을 나누며 토론했다. 책을 덮고 일상의 이야기와 쓸데없는 농담을 주고받는 시간이 매번 훨씬 길었다. 희극인의 유머는 역시나 차원이 달랐던 나머지 우리는 광대뼈가 욱신거릴 정도로 웃다가 헤어지곤 했다.

만날 때마다 함께 밥도 먹었다. 가려 먹어야 할 식재료가 많은 지돌이에게 맞춤한 메뉴들을 선택해 먹곤 했다. 지돌이는 그걸 못내 미안해하곤 했는데, 정작 나머지 셋 중 누구도 이 메뉴 선정 방식에 불만을 갖지 않았다. 한번은 집으로 놀러 온 지돌이에게 직접 김밥을 말아줬다. 잘게 찢은 게살과 오이와 쌈무를 넣어 둘둘 만 그 김밥을 지돌이는 정말 많이 좋아해주었다.

그 뒤로 한동안 지돌이의 김밥 타령이 이어졌다. 대

화 도중에 느닷없이 김밥 얘기가 튀어나오거나, 자고 일어나면 메시지가 와 있는 식이었다. '언니! 김밥 내놔!' 분부대로 도시락을 싸서 지돌이의 집에 놀러 갔다. 같이 맛있게 먹을 수 있는 음식이 있어서 다행이라고 생각했다. 나는 이후로도 지돌이를 위해 내가 기쁜 마음으로 김밥을 아주 많이 만들게 될 줄 알았다. 대전에 있다는 솥뚜껑 누룽지 전문점도, 지돌이 부모님이 가꾸시던 주말농장에도 여러 번 함께 가게 될 줄 알았다.

장례식장의 시간은 기묘했다. 고여서 흐르지 않는 것 같다가도, 정신을 차려보면 몇 시간이 금세 지나 있곤 했다. 모두가 바람 빠진 인형처럼 앉아 각자의 마음 안에 자리한 부채감과 슬픔의 무게를 짊어지고 있었다. 울음바다가 됐다가, 고요해졌다가, 서로가 알고 있는 상황의 공백을 메워보느라 퍼즐 맞추듯 이야기를 나누거나 했다. 나는 2주 전 마지막으로 지돌이와 주고받은 짧은 연락을 수시로 곱씹고 있었다. 물론 소용없는 짓이었다.

친구가 스스로 세상을 등진 건 인생에서 두 번째 겪는 일이었다. 처음엔 갓 스무 살을 넘겼을 무렵이었다. 함께 어울렸던 친구들과 나는 파도처럼 덮쳐오는 충격과 슬픔에 어떻게 반응해야 할지 몰라서 겁부터 집어먹었다. 우리는 아무런 얘기를 나누지 않았고, 죽음을 애써 없던 일 취급했다. 그룹은 그렇게 뿔뿔이 흩어졌다. 그때는 그게 최선이라고 믿었다. 이 얘기는 후에 아주 뜬금없는 자리, 그러니까 입사 면접시험을 볼 때 예상치 못하게 튀어나와버렸다. 살면서 가장 슬프고 힘들었던 일이 무엇이었냐는 질문을 받은 뒤였다. 그간 단 한 번도 입 밖에 낸 적이 없는 얘기를 처음으로 꺼내면서, 지금 왜 이 얘기를 하고 있는 건지 몰라 당혹스러움을 느끼면서, 나는 모르는 사람들 앞에서 눈물을 펑펑 쏟았다.

친구의 죽음으로부터 수년이 지나는 동안 내 속은 조용히 곪아가고 있었다. 불면증은 연례행사처럼 찾아왔다. 누구와도 상처를 나누지 못한 채 입을 꽉 다물고 있는 사이, 나는 내 주변에서 허물어가는 누군가의 몸과 마음을 다시는 모른 척하지 않겠다는 다짐만 죽어라고 했다. 누구보다 먼저 눈치채고 그 사람을 꽉 껴안아 절대로 놓치지 않겠다고 생각했다. 그러나 또다시 마주하게 된 친구의 영정 사진을 보며 그것이 얼마나 큰 오만이었는지를 뼈저리게 깨달아야 했다. 동시에 나는 자꾸만 나를 탓하고 싶었다. 그게 제일 속 편했기 때문이다. 슬픔 앞에서 사람들은 저마다 조금씩은 이기적으로 굴기 마련이다.

지돌이의 빈소에서 나는 계속 스펀지밥의 행방이 궁금했다. 지돌이가 집에 있을 때도 운전할 때도 늘 동행하던 그 인형. 솜이 자꾸만 꺼져서 여러 번 보수를 해야 했던 지돌이가 급기야 똑같은 인형을 찾고 싶다고 말한 적이 있다. 모두가 전투적으로 당근마켓을 뒤졌다. 우리가 골라 온 후보들은 번번이 탈락이었다. 언니, 이건 눈 사이 간격이 달라. 내 인형은 코가 특별해. 지돌이만 발견하는 차이를 우리는 전혀 이해하지 못했으므로 아무도 똑같은 인형을 찾아주지 못했다. 어디에 있을까. 장례식장에 모인 그 누구보다 스펀지밥 인형이 지돌이에게 확실하고 든든한 기쁨이 되어줄 터였다. 누군가 챙겨서 곁에 놓아주었을까. 그러면 좋을 텐데.

잠을 자는 것도 아니고 안 자는 것도 아닌 채로 시간이 계속 흘렀다. 그 주에 잡혀 있던 거의 모든 스케줄에 펑크를 냈다. 정확하게는 펑크를 내고 있는 줄도 몰랐다. 맥없이 누워 이런저런 기억을 떠올렸다. '만약에'라는 가정은 슬프고 고약하다. 이제 와서 다 무슨 소용인가 싶은 생각들이 마음을 조금씩 좀먹으며 피어오른다. 내가 침대에 바로 누웠다 다시 모로 눕는 것 정도만 가까스로 해내며 끝도 없는 가정법의 굴레에 빠져 있는 사이, 독서 모임의 다른 친구는 모두의 상태를 챙기느라 여념이 없었다. 한 시간에 한 번씩 전화를 걸어 밥은 먹었냐고 물었다. 그 강박 역시 슬픔의 다른 태도라는 것을 알았다. 내 대답이 영 시원찮았는지 잠시 후 메시지가 왔다. '집으로 갈게.'

입맛은 전혀 없었다. 물도 안 넘어갔다. 다만 끼니가 될 만한 이것저것을 사 들고 한 시간 거리를 달려온 친구의 마음을 알기에, 식탁에 앉아 꾸역꾸역 분식을 먹었다. 버티고 있기 어려울 정도의 침묵이 흘렀다. 목구멍에 불구덩이가 들어앉아 있는 것 같았다. 그날 밤, 친구가 메시지를 보내왔다. '억지로 꿀꺽 삼키는 게 보이더라. 힘들어하는데 괜히 먹였나 싶어 미안했어.' 나는 친구가 앉아 있던 자리를 보며 계속 지돌이를 떠올렸다고 말하지 못해 미안했다. 몇 달 전 집에 놀러 왔던 지돌이가 앉아 밥을 먹던 자리였다. 그렇게 미안할 것 하나 없는 일을 가지고 우리는 서로 미안해했다. 그날은, 그런 날이었다.

나는 내내 신을 원망하고 있었다. 신은 견딜 수 있는 고통만 준다는 사람들의 말이 참을 수 없이 싫었다. 그 말이 어슴푸레하게 담보하는 희망이 미웠다. 당신들의 신이 과연 그렇게 모든 면에서 치밀한가. 견디지 못하는 사람은 나약한 죄인이 된단 말인가. 애초에 견딜 만한 수준의 것이었다면 세상의 고통은 인간을, 지돌이를 잠식해버리지 않았을지 모른다. 세상에는 신의 이름으로도 이해 못 할 고통도 있는 게 분명했다. 신이 뭘 아는데. 뭘 그렇게 잘 아느냐고.

원망스럽던 신 앞에 결국 무릎을 꿇은 건, 지돌이의 발인을 치르고 온 몇 주 뒤였다. 생활의 리듬은 완전히 망가져 있었다. 시들어가는 화초처럼 누워만 있는 나를 보다 못해 집 밖으로 끌고 나간 또 다른 친구와 지방의 작은 도시를 드라이브했다. 뚜렷한 행선지 없이 차를 타고 다니다가, 절이나 성당이 보이면 무조건 들렀다. 나는 텅 빈 법당 안에서 절을 하다 그대로 엎드려 울고, 성당에서 봉헌초에 불을 켜다가도 울었다. 지돌이의 부재가 슬픈 것을 넘어 억울하게 느껴졌다. 정확히 무엇을 향하는지 모를 분노가 치솟았다.

마음은 밀물 같았다가 다시 썰물 같았다. 분노가 한바탕 휩쓸고 지나간 자리에는 어느덧 간절함이 밀려들어오기 시작했다. 그 마음의 작용이 당황스럽고 싫어서 계속 울었다. 누구를 향해 어떻게 빌어야 하는지도 모르는 상태로 무작정 빌기 시작했다. 혹시라도 젊은 사람이 타고난 제 명을 다 안 채우고 왔다며 벌하지 말아달라고, 좋은 곳으로 데려가서 귀하게 아껴달라고. 딸의 손을 놓지 못해 그 손을 붙들고 함께 먼 길을 떠난 어머니를 부디 따뜻하게 안아달라고. 부처의 손바닥 아래, 성모마리아의 옷자락 아래, 예수의 십자가 아래, 하늘과 물과 산과 들의 나무들에 대고 나는 빌고 또 빌었다.

〈데몰리션〉의 데이비스(제이크 질렌할)는 어딘가 고장 난 상태다. 교통사고로 아내를 잃었지만 아무 감정을 느끼지 못하는 것처럼 군다. 사람들이 그런 그를 보고 수군댄다. 그러거나 말거나, 데이비스는 아내가 죽은 당일

병원 자판기에서 초콜릿을 뽑다가 기계가 돈을 먹어버리자 고객 센터에 항의 편지를 쓰는 침착함마저 발휘한다. 그러던 어느 날 고객 센터 직원 캐런(나오미 와츠)에게서 전화가 걸려온다. "편지를 보고 울었어요. 얘기할 사람은 있어요?" 때로 솔직한 마음은 완전한 타인에게 더 쉽게 열린다.

장인어른과의 식사 자리에서 데이비스는 이런 얘기를 듣게 된다. "뭔가를 고치려면 전부 분해한 다음, 중요한 게 뭔지 알아내야 해." 비유적 표현이었겠지만, 데이비스에게 이 말은 직설로 날아가 꽂힌다. 그날로 데이비스는 말 그대로 손에 잡히는 모든 것을 분해하기 시작한다. 아내가 죽기 2주 전부터 고장 나 있던 냉장고가 첫 대상이 된다. 아내는 냉장고에 물이 새고 있으니 고쳐달라고 여러 번 말했지만, 데이비스는 듣는 둥 마는 둥 했었다.

갓 배송된 커피머신, 컴퓨터, 회사의 화장실 문짝까지 뜯어보던 데이비스는 급기야 아내와 살던 집 전체를 분해하기 시작한다. 망치로 테이블과 창문과 벽을 내려치고, 아예 불도저로 외관을 밀어버린다. "결혼 전체를 분해하는 작업"을 통해 폐허(demolition)가 된 잔해 속에서,

그는 자신이 무엇을 놓치고 보지 못한 것인지를 알고 싶어 한다. 그 과정을 통해 데이비스는 감정의 밑바닥까지 마주하고 들여다본다. 그러곤 아내와의 사랑이 충만했었다는 걸 깨닫는다. 단지 자신이 그 사랑에 무심했을 뿐.

극 중 데이비스의 직업은 투자 분석 전문가다. 그에겐 피와 살이 있는 존재와 대면해 이야기를 나누는 것보다 데이터에 의존해 숫자들과 씨름하는 일이 더 편하다. 성향에 꼭 맞는 천직이었는지는 몰라도, 일의 양상은 데이비스 자신과 주변 사람들의 감정 변화에서 빚어지는 기민한 반응들로부터 그를 서서히 분리시켜왔다. 감정은 처리를 미룬 데이터처럼, 알맞게 분류되거나 분석되지 못하고 덩어리째 그의 안에 차곡차곡 쌓여왔다. 자판기 고장을 빌미로 캐런에게 쓴 편지는 그가 처음으로 자신의 관점에서 서술한 고통의 이야기이며, 주변을 분해하며 하나씩 마주하게 된 것들은 허상의 숫자가 아니라 자신의 세계를 구성하는 일상과 관계라는 메타데이터였다.

나는 요즘 이 영화를 자주 떠올린다. 슬픔을 제대로 들여다보려 용쓰고 싶어서다. 외면은 궁극적 해결책이 될 수 없다는 걸 혹독하게 배운 20대 시절의 실수를 반복하고 싶지 않은 내게, 데이비스는 좋은 러닝메이트가 된다. 죽음과 상실에 대한 이야기를 닥치는 대로 찾아보는가 하면, 친구들과 지돌이에 대해 부러 더 많이 얘기하고 함께 나눈 메시지를 읽는다. 웃고 장난치며 함께 찍은 사진과 영상을 본다. 그런 와중에도 마음은 수시로 무너진다. 그러면 그 무너짐을 잠자코 내버려두는 수밖에 방도가 없다.

종종 태도와 자격에 대해 골똘히 생각하기도 했다. 감정이 나를 압도해 도취되는 순간은 없는지, 나에게 이 정도로 슬픔의 자격이 주어질 수 있는지. 그런 생각을 하는 순간들은 끝도 없이 괴로웠다. 그러나 지금은 나와 친구들이 각자의 시간과 감정을 분해하는 데 골몰할 수 있는 방법이 있다면, 그게 무엇이라도 좋다고 생각한다. 슬픔이 영원히 사라지진 않겠지만 우리는 가슴에 그걸 잘 묻은 채로 함께 다독이고 살아가야 할 것이기에. 어느 날 우리 중 하나가 맥없이 허물어진다면, 그 옆에서 버팀목으로 서 있을 수 있도록 서로 더 단단해져야 하는 순간이 필연적으로 존재할 것이기에.

이것이 정답인지, 나는 모른다. 사는 동안 내 친구 멧쟁이 희극인을 향한 애도 역시 그때그때 방식을 바꾸어 가며 계속될 것이다. 다만 추억하는 일이 언제까지나 가슴 미어지는 고통만은 아닐 것이라고 믿고 싶다. 실제로 그건 생각만으로도 벌써 고맙고 따뜻하다. 얼굴도 모르는 상담사에게 편지를 쓰던 데이비스의 심정으로 이 글을 썼다. 그저 이것이 나의 오늘이라서. 이 마음을 털어놓지 않고서는 아무것에도 솔직해질 수가 없어서. "나는 언니가 추천한 영화는 다 좋아. 언니가 재미있다고 리뷰 쓴 영화는 나도 재밌어. 별로라고 하면 나도 안 볼 거야." 지돌이는 이렇게 말했었다. 그 사랑스러운 얼굴을 생각하며 용기를 냈다.

## 하나의 식탁 앞에 모여 앉는 사이

**걸어도 걸어도**

고레에다 히로카즈, 2008

"무는 정말 유용해." "그럼 감자는?" 암전 상태에서 때아닌 무 예찬론이 시작된다. 화면이 밝아져도 이 대화는 얼마간 이어진다. "감자는 솜씨에 달려 있고, 무는 조리거나 구워도 되는 데다 생으로 먹어도 맛있어. 삶은 다음 구우면 떫은맛이 없어져. 거기에 당근을 넣고 참기름에 살짝 볶는 거지." 영화는 작은 부엌에서 토시코(키키 키린)와 딸 지나미(유)가 요리를 준비하는 모습으로 문을 연다. 집안의 큰아들 기일을 맞아 모인 가족들을 위해, 두 사람은 바지런히 식재료를 다듬는 중이다. 고레에다 히로카즈 감독의 영화에는 특정 음식에 대한 에피소드가 자주 등장한다. 더 정확하게 말하면 조리하는 과정, 부엌과 식탁의 풍경이다. 나는 이것이 대가족이 등장하는 한국의 TV 드라마와 고레에다 영화의 결정적 차이라고 자주 생각해왔다. 식사 장면은 인물들을 한자리에 모이게 만드는 편리한 장치 중 하나다. 장면이 노리는 효과는 동일한 것이다. 다만 인물들이 이미 차려진 밥상에 둘러앉는 것과, 그것을 준비하는 과정을 보여주는 데는 커다란 차이가 있다. 인물들이 뭔가를 먹으면서 정해진 대사를 자연스럽게 나누는 건 기술적으로 쉽지 않다. 입에 음식물을 넣고 우물거리는 사람도 생기기 마련이다. 원활한 대화를 위해서는 식사가 잠시 중단되는 길밖에 없다. 그러니 누군가 폭탄 발언을 하거나 화를 내는 장면이 자주 등장하고, 식탁 위 음식은 끝내 배경으로만 기능하게 될 뿐이다.

요리를 준비하는 과정을 보여주는 건 다르다. 〈걸어도 걸어도〉의 오프닝 신만 보더라도, 우리는 토시코 가족에 대한 꽤 많은 정보를 어렵지 않게 얻을 수 있다. 음식에 대한 애정도 많고 노하우도 많은 토시코와 달리, 딸 지나

미는 도통 관심이 없다는 것. 결혼한 뒤 분가해 사는 지나미 가족은 이미 패스트푸드에 익숙해져 있다는 것. 부엌 너머에서 외출을 준비하는 토시코의 남편 쿄헤이(하라다 요시오)는 동네 의원 원장님이라는 체면을 중시한 나머지, 나가는 길에 식료품을 사 와달라는 가족들의 부탁을 번번이 무시해왔다는 것. 요리를 준비하면서 나누는 대화나 행동으로 캐릭터의 특징, 넓게는 음식에 얽힌 가족의 추억을 자연스럽게 이끌어내는 고레에다의 솜씨는 관객과 등장인물의 거리를 빠르게 좁혀놓는다.

오랜만에 밥상에 둘러앉은 토시코 가족은 니쿠자가(일본식 고기감자조림)와 샐러드, 동네 단골 초밥집의 초밥 세트까지 자분자분 나눠 먹는다. 그중에서도 모두가 가장 좋아하는 건, 이 집의 형제들이 어릴 때부터 가족이 '특선 메뉴'로 먹던 옥수수튀김이다. 옥수수에서 노랗게 잘 익은 알을 일일이 분리해내고, 튀김 반죽에 살짝 굴리듯 뭉친 것을 튀겨낸 별미다.

"옛날에 이 옥수수튀김을 하면 말야. '팝, 팝' 소리가 나면서 저녁까지 기다리지 못하고 다들 2층에서 내려와 먹어치웠어. 한번은 너네 아버지가 한밤중에 옆집 밭에서 옥수수를 서리해 와서 튀기고 있는데, 글쎄 다음 날 옆집 사람이 옥수수를 수확했다고 가져왔지 뭐야." 추억을 이야기하는 토시코 옆에서 가족들은 튀김을 먹고 있다. 아니나 다를까 옥수수튀김이 한창 만들어질 때, 부엌에서 일어나는 일 따위 관심도 없다는 듯 2층에 홀로 있던 쿄헤이조차 자꾸만 문 쪽으로 고개를 돌렸던 터다. 다른 집에는 없을 이 가족만의 추억이 노랗고 바삭한 튀김에 들어 있다.

옥수수튀김에는 먼저 세상을 떠난 가족을 향한 기억 역시 내려앉아 있다. 죽은 아들과 얽힌 옥수수 에피소드를 자연스럽게 꺼내는 토시코의 목소리가 들려오는 사이, 카메라는 형의 이야기에 왠지 씁쓸해하는 둘째 아들 료타(아베 히로시)의 얼굴을 비춘다. 형의 부재로 생긴 그늘에서 료타가 평생 홀로 느껴왔을 감정들을 함축적으로 보여주는 장면이다. 공통의 추억이 깃든 음식을 함께 와자지껄 먹고 있는 자리라도, 그것을 대하는 가족 구성원의 마음결은 조금씩 다를 수밖에 없다.

음식에 얽힌 누군가와의 추억은 이상하리만치 마음에 오래 머문다. 그것이 실존 인물이 아니라 영화 속 인물의 것일지라도 마찬가지다. 초당 옥수수 맛에 한창 빠져 있을 때, 지인의 소개로 옥수수 창고에 찾아가 직거래로 100개를 주문했던 적이 있다. 부모님 댁에도 보내고, 육아에 지친 친구네 집에도 보내고, 박사 논문을 쓴다고 끙끙대며 고생하던 친구에게도 보냈다. 남은 것은 내가 이리저리 아주 잘 써먹었다. 살짝 삶아 먹고, 버터를 발라 구워낸 뒤 파마산 치즈를 듬뿍 뿌려 먹기도 하고, 남은 것은 냉동실에 얼려뒀다가 수프를 끓여 유용하게 먹었다.

그중에서도 제일 먼저 시도한 조리법은 〈걸어도 걸어도〉에 나온 옥수수튀김이었다. 마침 영화 속 배경처럼 무더운 여름이었고, 노랗고 실하게 붙어 있는 옥수수 알들을 보자니 도저히 튀김 생각을 떨칠 수가 없었다. 결국 옥수수튀김을 만들었던 날, 나는 〈걸어도 걸어도〉의 토시코 가족을 종일 떠올렸다. 잘 알고 지내던 가족의 레시피로 요리를 만든 기분이었고, 심지어 거기에서 향수마저 느껴질 참이었다. 누군가의 추억은 음식의 온기를 타고 머나먼 바다 건너 또 다른 누군가의 추억이 되기도 한다는 걸 새삼 실감한 순간이었다.

감독에게 직접 음식의 의미에 대해 묻고 이야기를 나눈 적이 있다. 〈태풍이 지나가고〉(2016)가 '바다보다 더 깊은'이라는 제목으로 첫 선을 보였던 칸영화제 현지에서, 이후 개봉에 맞춰 고레에다 감독이 내한했을 때 잇따라 두 번 인터뷰를 진행했다. 같은 영화로 해외 감독을 두 번 만나기가 흔한 일은 아니기에 평소보다 꽤 많은 이야기를 나누고 저장해둘 수 있었다. 가장 인상적으로 기억하는 것은 이 영화를 대하던 감독의 태도다. 그는 "훗날 저승사자가 내게 '당신은 이승에서 뭘 했느냐'고 물으면 이 영화를 보여줄 것"이라고 말했다. 그만큼 어깨에 힘주지 않고, 자신의 인생을 자연스럽게 투영했다는 것이다.

〈태풍이 지나가고〉에는 어머니 요시코(키키 키린)의 요리와 부엌이 중요하게 등장한다. 보글보글 끓인 카레스튜, 음료를 얼려 냉장고에 보관한 아이스크림 등이 괜스레 어린 시절에 대한 향수를 부른다. 고레에다 감독은 그 음식들이 실제로 어머니가 자주 만들어주셨던 것이라고 했다. 한참 이야기를 나누다가 나는 이런 질문을 던졌다. "감독님 영화를 보면, 상실을 겪은 이들이 함께 음식을 먹는 모습이 자주 나옵니다. '남겨진 사람들이 무언가를 먹는다'는 장치가 유독 중요하게 보이는데요."

그때 고레에다 감독은 이렇게 대답했다. "제 영화 속에서 인물들이 함께 음식을 만드는 것, 먹는 것, 이후 설거지를 하는 과정까지 소중하다고 생각합니다. 이 과정에서 많은 이야기와 감정이 흘러나올 수 있죠. 더군다나 그들은 이미 세상에 없는 사람의 존재를 느끼며 살아가는 중이기에, 죽음에 대해 더욱 깊이 생각하고 있습니다. 동시에 그럴수록 삶에서 균형을 잡는 일이 중요해진다는 생각도 하고 있죠. 그래서 그들은 음식을 나눠 먹습니다. 무언가를 먹는 것은 살아 있다는 걸 증명하는 가장 기본적인 태도이기 때문입니다."

누군가의 죽음이라는 무게를 등에 업고 오늘도 살아 있다는 것. 먼저 떠난 이를 기억하고, 함께 만들었던 추억을 공유하며 부족함 많은 서로를 부둥켜안고 살아간다는 것. 고레에다 영화 속 부엌과 음식들은 새삼 그 의미를 사유하게 만든다. 그의 영화가 유독 가깝고 다정하게 느껴지고, 때로는 눈물이 핑 도는 그리움을 소환해낸다면 아마도 이런 이유일 것이다. 삶의 의미와 그리움의 무게는 우리가 늘 지나치는 식탁에도, 물기를 말리려 엎어놓은 식기 같은 것들에도 고요하게 내려앉아 있다.

## 너에게 무한한 애틋함을 느낀다는 그 말

**가장 따뜻한 색, 블루**
압델라티프 케시시, 2013

파스타는 알면 알수록 신비한 세계였다. 어릴 땐 그냥 스파게티라고 불렀다. 그땐 그게 파스타라는 음식을 만드는 면의 일종을 뜻하는 말임을 몰랐다. 그러고 보면 돈가스와 스테이크를 언제부터 정확히 구분하기 시작했는지도 잘 모르겠다. 어린 시절에는 '칼질'하는 음식의 일종이라고만 생각했던 것 같은데.

파스타의 면 종류가 엄청나게 많다는 것도 당연히 몰랐다. 굵기와 모양에 따라 전부 다른 이름이 붙는다는 걸 처음 알았을 때는 정말 놀랐다. 동태, 명태, 생태, 북어, 코다리, 황태, 먹태 등이 실은 전부 똑같은 생선이라는 걸 알고 받았던 충격에 버금갈 정도였다. 탈리아텔레, 라자냐, 라비올리, 링귀네, 푸실리, 펜네, 파르팔레, 리가토니…… 지금은 얼추 구분할 수 있는 면의 종류만 이 정도다. 소스의 재료에 따라서 파스타 자체에는 또 얼마나 많은 이름이 붙는단 말인가.

가장 좋아하는 것은 토마토소스다. 오일도 좋고 크림베이스도 좋지만 토마토소스로 만든 파스타는 직접 조리할 때 실패의 부담이 적고, 초행인 음식점에 가더라도 웬만해선 평균의 맛을 보장하는 메뉴다. 고기와도 잘 어울리고, 해산물과의 조합도 근사하고, 심지어 치즈만 갈아 올려도 나쁘지 않다. 오일소스만큼 재료 본연의 맛이 잘 살아나진 않지만 풍성한 조화의 맛이 있다고 해야 할까. 그중에서도 나의 '최애'를 가리자면 토마토와 고기를 섞은 소스에 면을 버무린 라구 알라 볼로네제, 약칭 볼로네제다.

재료를 딱 1인분씩만 쓰면 당최 맛이 안 나는 음식들이 있다. 뼛조각 달랑 몇 개 넣고 끓인 것을 진정한 곰국이라 할 수 있겠는가. 라구소스도 마찬가지다. 재료를 팍팍 넣고 뭉근하게 끓여 잔뜩 만들어두면, 필요할 때마다 조금씩 활용해서 요리하는 재미가 쏠쏠하다. 엄마가 곰국을 솥째 끓여 냉장고에 넣어두던 것처럼, 나는 며칠쯤 식단에 신경을 쓰기 귀찮은 시기가 올 때마다 라구소스를 쟁여놓는다.

꽤 번거로운 과정이긴 하지만 이 소스는 한번 만들어볼 만한 가치가 있다. 완성된 라구소스를 보관할 때의 쾌감이란 정말이지…… (한 번도 해본 적 없지만 한 번쯤은 해보고픈) 금고에 골드바 넣는 기분과 비슷하지 않을까. 활용은 정말 온갖 곳에 할 수 있다. 면만 간단히 삶아 파스타를 만들 수도 있고, 면 대신 가지나 호박 등을 이용한 라자냐를 만들 수도 있다. 식빵에 소스를 펴 바르고 체다 치즈를 한 장 올려서 구우면 그 자체로 훌륭한 오픈 토스트가 된다.

라구소스를 끓일 때나 친구들을 초대해 볼로네제를 만들어 먹을 때마다 나는 종종 〈가장 따뜻한 색, 블루〉를 떠올린다. 볼로네제 먹방 챔피언이 등장하기 때문이다. 이 영화를 보면서 누구나 이런 다짐을 했을 것이다. '영화 다 보고 나면 파스타 먹을 거야.' 주인공 아델(아델 에

그자르코풀로스) 덕분이다. 그는 거의 접시까지 먹어치울 기세로 볼로네제를 먹는다. 어찌나 맛있게 먹는지 누군가의 집 나간 식욕도 다 찾아줄 듯한 기세다. 실제로 먹는 것에 흥미를 통 못 느껴 매번 음식 해주는 보람(?)이 덜한 친구 P는 "그 영화를 보면 심지어 나까지 파스타를 먹고 싶어진다"고 고백함으로써 나를 놀라게 한 바 있다.

우리에게는 이따금 먹는 별미가 누군가에게는 주식이다. 사실 시판 소스를 활용한다면 라면 끓이는 것만큼 쉬운 요리가 파스타다. 그런 이유로 서양권에서는 대표적인 서민 음식이기도 하다. 물론 고급 레스토랑의 메뉴로도 등장하지만, 그건 우리가 집에서 대충 차려 먹는 백반이 한정식집에 가면 고급스러운 20첩반상으로 나오는 것과 비슷한 경우다. 이 영화에서 볼로네제가 괜히 중요하게 등장하는 게 아니다. 그것은 단순히 아델이 좋아하는 음식이라기보다, 그가 속한 가족의 사회적 계층을 나타내는 장치다.

아델이 먹는 볼로네제는 조촐하다. 정성 들인 식탁 위의 메인 메뉴라기보다 간단하게 때울 수 있는 즉석요리에 가까워 보인다. 면을 푸짐하게 삶아 소스만 버무리면 포만감 가득한 한 끼 식사가 되는 간편한 요리. 별다른 대화 없이 서로 TV 화면을 보며 볼로네제를 먹어치우는 아델의 가족은 전형적인 서민층이다. 소스 묻은 나이프를 혀로 핥고, 입을 온전히 다물지 않은 채 우걱우걱 음식을 씹는 아델은 아마 테이블 매너에 대해 배운 적이 없을 것이다.

압델라티프 케시시 감독은 아델 에그자르코풀로스와 식사를 함께하면서 캐스팅을 결정했다고 한다. 감독은 자신이 눈앞에서 본 드라마틱한 식사 풍경을 스크린으로 고스란히 옮기고 싶다는 유혹에 사로잡혔던 것 같다. 그 정도로 카메라는 아델의 탐스러운 입을 클로즈업해 집요하게 좇는다. 먹는 입, 키스하는 입, 멍하게 있거나 잠이 들어 윗입술이 살짝 벌어진 입, 혀로 마른 입술을 핥는 입. 무엇이든 빨아들일 듯한 아델의 입은 굶주린 욕망과 덜 여문 열정의 상징이다. 순수미술을 전공하는 대학생 엠마(레아 세이두)도 처음에는 그 모습에 반하지만, 두 사람 사이에는 극복 불가능한 벽이 존재한다.

극 중에서 두 사람이 엠마의 가족과 함께 먹는 생굴 요리는 볼로네제와 대척점에 있다. 향 좋은 와인과 곁들이는 생굴 요리는 허기를 채우기 위한 것이 아니라 미식을 위한 것이다. 늘 "먹고살려면 진짜 직업이 필요하다"고 말하는 가족들 사이에서 허겁지겁 식사하는 데 익숙한 아델은, 생계 걱정과는 거리가 먼 우아한 대화를 나누며 굴에 레몬즙을 뿌려 먹는 엠마의 집안 분위기에서 홀로 겉도는 모습이다. 가장 좋아하는 음식으로 "배가 터지도록 먹을 수 있는 소시지"를 꼽으며 생굴은 식감조차 싫다고 말했던 아델은 이 식탁의 주인공이 아니다.

이 다음 아델이 엠마의 친구들에게 볼로네제를 만들어 주는 장면에서는 더욱 처참한 마음이 된다. 아델은 엠마와 친구들의 고상한 대화에 끼지 못하고 어색하게 웃으면서 소스나 뒤적거리고 있다. 가난은 세상의 유려한 지식과 아름다운 경험에서 사람을 소외시킨다. 그것이 가난의 가장 공정하지 못한 점이다. 누군가를 강렬하게 사랑하는 마음만으로는 경험의 결핍들이 메워지지 않는다. "너에겐 무한한 애틋함을 느껴." 아델로부터 멀어지려는 엠마의 말은 최선으로 아름답지만, 바꿔 말하면 이건 "널 사랑할

수 없어"의 다른 말일 뿐이다.

때로 영화는 색의 표현으로 많은 말을 한다. 이 영화도 마찬가지다. 나는 애초에 아델이 시선을 뺏기고 마는 엠마의 머리카락이 파란색이 아니었다면, 아델이 먹는 음식의 설정도 바뀌었을 거라고 생각한다. 엠마를 대변하는 파란색과 아델이 즐겨 먹는 볼로네제의 주황빛은 시각적으로 아름다우면서도 극명한 대비를 이룬다. 볼로네제를 탐스럽게 먹어치우던 소녀는 사랑의 홍역을 앓고 난 뒤 투명한 파랑으로 빛나는 바닷물에, 잘 입지 않던 파란색 옷으로 자신을 물들인다. 진짜 사랑을 경험한 그는 이전과는 다른 사람이 된 것이다. 아델은 이제 예전처럼 볼로네제를 먹을 수 없게 되었다. 시절은 이미 지나가버렸다.

## 지지 않는 연애

**팬텀 스레드**
폴 토마스 앤더슨, 2017

예전에 한 연예 프로그램에서 탄생한 유행어는 지금 생각해도 흥미롭다. '낮져밤이' '낮져밤져' 같은 문자 조합 말이다. 이건 왜 그렇게 유행했을까. 아마 대부분의 사람들이 세상 모든 관계처럼 사랑 역시 어느 정도 권력의 문제로 받아들이기 때문인 것 같다. 감정을 전제로 하지만 연애에서도 이기는 자와 지는 자는 존재하고, 따라서 우리는 문득 궁금해지곤 한다. 나와 사랑하는 사람 사이에서 관계의 우위는 누가 점하고 있는지, 더 많이 사랑한다는 이유로 매번 내가 지는 게임을 하고 있는 것은 아닌지. 사랑은 거래가 아니라고 말하면서도, 나만 밑질 순 없다는 못생긴 생각이 고개를 들이밀곤 한다.

사정이 이렇다 보니 우리에겐 내가 차마 그렇게까지 대놓고 못되게 굴 수 없는 심리를 남이 대신 표현해 줄 때 느끼는 사소한 기쁨 역시 존재한다. 가질 수 없다면 차라리 망쳐버리고 싶다는 심보 말이다. 1990년대 드라마(어쩐지 고대 유물을 이야기하는 기분이다)인 〈청춘의 덫〉에서 남자에게 버림받은 윤희(심은하)가 카랑카랑한 목소리로 "당신, 부숴버리겠어"라고 말했던 순간의 묘한 쾌감을 기억한다. 남의 인생을 망치겠다고 선언하는 걸 보면서 쾌감을 느끼고 심지어 응원하는 게 말이 되나. 일종의 도덕적 괴로움 역시 동시에 느꼈던 그 복잡한 감정이 '길티 플레져'라는 말로 간단히 설명할 수 있는 종류의 것임은 나중에 알았다.

영화에서 이 분야의 궁극점을 찾자면 단연 〈팬텀 스레드〉다. 레이놀즈를 연기한 다니엘 데이 루이스는 정말 사랑하는 배우이지만, 그 사랑이 무색하게도 이 영화에서는 그가 별로 눈에 들어오지도 않는 순간들이 있었다. 당돌한 시골 처녀 알마(비키 크리프스)에게 완전히 반해버렸기 때문이다. 알마의 태도에는 도덕적으로는 아주 옳지 못한 무언가를 선언하고 실행하는 사람 특유의 순수한 오만함이 있다. 그 태도에 반한 건, 아마 나 자신이 모든 관계에 있어 한 번도 그렇게 공격적으로 굴지 못했기 때문일 것이다. 자신을 무릎 꿇게 만들려는 상대 때문에 끙끙 앓거나 그 규칙에 순응해버리는 대신, 알마는 차라리 그 상대를 부숴버린 후 자신이 다시 거둬들이는 식으로 관계의 룰을 바꿔버리고 있었다. 그렇게 알마는 '낮이밤이'가 된다. 이는 문자 그대로다. 낮이고 밤이고, 그는 연인 레이놀즈를 완전히 정복해버린다.

1950년대 런던, 레이놀즈는 왕실과 사교계의 드레스를 만드는 이 분야 최고의 디자이너다. 레이놀즈의 집이자 작업실인 우드콕 디자인 하우스는 예민하고 강박적인 그의 규칙으로 빼곡한 공간이다. 기분 전환차 어릴 적 살던 시골 마을에 간 레이놀즈는 우연히 만난 웨이트리스 알마에게 첫눈에 반한다. 레이놀즈의 새로운 뮤즈가 되어 런던으로 온 알마. 그러나 알마는 레이놀즈와 동등하게 사랑하는 관계가 아닌, 그가 구축한 완벽한 세상의 부속품일 뿐임을 알게 된다. 알마는 이 갑갑한 인형의 집 같은 질서를 망쳐버리고 싶다.

한 번에 두 사람이 동시에 오르내리지도 못할 만큼 폭이 좁고 수직으로 길게 솟아오른 우드콕 하우스는 시각적으로도 숨이 막힌다. 이곳은 레이놀즈의 말이 곧 법인 세계다. 이 견고한 성은 사실 상실감과 두려움 때문에 무너지지 않기 위해 레이놀즈 스스로 겹겹이 두른 벽으로 지어졌다. 죽은 어머니의 그늘 아래 스스로를 결박하듯 살아가는 그는, 재혼하던 어머니의 새 웨딩드레스를 직접 만들던 열여섯 살 때로부터 조금도 성장하지 못했다.

알마는 이제껏 드레스 한 벌을 손에 쥐고 무력하게 우드콕 하우스에서 쫓겨났던 여느 여자들과는 다르다. 그는 자신만의 규칙대로 레이놀즈를 사랑하길 원한다. 여러 번 비참해졌던 알마가 찾은 해법은 독버섯이다. 독버섯 요리를 먹은 레이놀즈는 심하게 앓아누워 알마의 간호를 받는 것 외에는 아무것도 할 수 없는 상태가 된다. 이때의 레이놀즈는 절대적인 보호자의 손길을 필요로 하는 나약한 존재에 다름 아니다. 레이놀즈가 심기를 건드릴 때마다, 알마는 조용히 숲으로 독버섯을 따러 간다. '나는 언제든 당신의 세계를 무너뜨릴 수도, 다시 회복시킬 수도 있다'는 소리 없는 선언. 그야말로 죽지 않을 만큼만 괴롭히겠다는 그 온화한 표정에서 나는 기이한 평화를 느꼈다.

사경을 헤매던 레이놀즈는 웨딩드레스를 입은 어머니의 환영과 방을 거니는 알마의 모습을 동시에 본다. 어머니의 기억에 사로잡혀 살았던 레이놀즈는 이제 유령이 아닌 현존하는 대상인 알마를 바라보며 새로운 법칙에 적응하며 살아가게 될 것이다. 처음에는 모르고 먹었지만 레이놀즈는 알마가 또다시 독버섯을 요리할 때 모든 사실을 눈치챈다. 그럼에도 이 위험한 게임에 기꺼이 동참한다. 자신이 패배해야만, 알마의 법칙을 따라야만 이 사랑이 유지될 것임을 알기 때문이다. 가학과 피학의 역할을 돌아가며 담당하는 연인. 승자가 계속해서 뒤바뀌는 그들의 사랑 게임은 기묘한 여운을 남긴다. 이게 만약 나의 상황이라면, 아무래도 독버섯 수프를 먹는 쪽보다야 끓이는 쪽을 담당하고 싶지만 말이다.

## 살아갈 힘이 되는 사랑의 기억

**타오르는 여인의 초상**
셀린 시아마, 2019

잘 만든 여성 중심 서사를 만났을 때의 반가움은 특별하다. 작품 수도 절대적으로 적거니와 제대로 그려내기란 더 쉽지 않아서다. 대상화되는 데 그치는 소모적 캐릭터가 아닌, 자신만의 또렷한 역사와 의지를 지닌 한 인간으로서의 묘사. 캐릭터 설정에 있어 당연한 이 요구가 때론 가혹하리만치 여성 캐릭터에겐 해당되지 않는다. 오죽하면 벡델 테스트 같은 게 고안됐겠는가. 테스트 항목은 간단하다. 창작물에 이름을 가진 여성이 두 명 이상 등장하는가, 그 둘이 서로 대화를 나누는가, 대화의 주제는 남성이 아닌 다른 것인가. 누군가는 너무 단순한 기준 아니냐고 하겠지만, 의외로 대다수의 영화들이 이 단순한 기준마저 통과하지 못한다.

그런 점에서 〈타오르는 여인의 초상〉은 가히 혁신적이라고 할 만한 영화다. 여기에는 남성 캐릭터가 없다. 주요하게 등장하지 않는 정도가 아니라 아예 주어진 역할 자체가 없다. 심지어 시대 배경은 18세기. 얼굴 한 번 본 적 없는 남자와 결혼해야 하는 인생이 숙명처럼 주어져 있고, 여성 예술가는 자신의 이름을 내건 전시회조차 열 수 없는 시대다. 동성 간의 사랑은 당연히 금기다. 영화는 이 모든 시대적 억압을 가뿐히 뛰어넘는다. 해당 단어들이 가장 어울리지 않는 시대 풍경의 한가운데에서, 평등과 주체성 그리고 평생 기억될 사랑의 순간들에 대해 이야기한다. 그리고 무엇보다 이 영화는, 정말 아름답다.

이야기는 마리안느(노에미 메를랑)가 프랑스 브리타니 지역의 한 섬에 도착하면서 시작된다. 파도가 출렁이는 바다 위에 떠 있는 작은 배에 마리안느가 앉아 있다. 그가 소중하게 지니고 있던 캔버스는 거센 물살 때문에 결국 바다에 빠져버린다. 뱃사공들이 그 모습을 무심하게 바라만 보고 있는 사이, 마리안느는 거추장스러운 드레스 자락을 말아 쥐고 결연하게 물속으로 뛰어든다. 바닷물을 포함한 모든 요소의 색감이 워낙 아름답게 표현되어 그렇지, 이 장면은 사실 위험천만하다. 마리안느 입장에서 재구성하자면 망망대해 한가운데에서 목숨을 걸고 캔버스를 지켜내는 행위다. 여성이 예술 활동을 할 수 있을 것이라는 이해조차 부족한 시대의 풍경 안에서 마리안느가 보여준 그날의 태도는, 아마 함께 배를 타고 있던 이름 없는 뱃사공들에게 절대 이해받지 못할 것이다.

절벽을 기어오르다시피 해 마리안느는 어느 집에 도착한다. 그러곤 젖은 몸을 말리기 위해 나체로 벽난로 앞에 앉는다. 몸에 아무것도 걸치지 않은 채 파이프 담배를 피우는 마리안느의 옆에는 그가 소중하게 챙긴 캔버스가 놓여 있다. 제목에서 연상 가능하듯 이 영화는 불의 이미지로 인상적인 장면들을 만들어내는데, 전반적으로 거친 파도(물)로 대변되는 사회적 제약에 불의 성질로 대항하는 여성들의 영화라는 인상을 준다. 지혜로운 여자를 마녀 취급하며 화형식을 치르는 야만의 불이 아니라, 선연하게 타오르는 의지로서의 불 말이다. 영화 중반 모닥불을 사이에 두고 마을의 여성들이 노래를 부르는 장면에서는 불을 연대의 이미지로 활용하기도 한다.

벽난로 앞의 마리안느를 비추는 장면은 구도적으로 완벽하기도 하지만, 젖은 옷이라는 제약을 말려버리고 예술가로서의 정체성을 포기하지 않는 모습을 보여준다는 데 더 큰 의미가 있다. 인물의 누드 장면임에도 불구하고 여기에는 캐릭터를 대상화하는 시선이 전혀 없다. 카메라는 단순히 대상을 찍을 뿐이지만, 우리는 그 시선을 통해 의도를 정확하게 인지해낼 수 있다. 이것이 대상화이자 관음인지, 순수한 목격의 시선인지. 영화는 철저히 후자다.

마리안느가 이곳에 온 이유는 엘로이즈(아델 에넬)의 초상화를 그리기 위해서다. 결혼 상대에게 전해질 이 초상화를 위해 엘로이즈는 머물던 수녀원에서 불려 나왔다. 한 번 만난 적도 없는 상대가 그림을 마음에 들어하면 결혼이 성사될 참이다. 엘로이즈가 모델로 서는 것을 거부해왔기 때문에 그의 어머니는 마리안느에게 초상화를 비밀리에 그려줄 것을 당부한다. 산책 친구라는 가짜 명목으로 엘로이즈를 만난 마리안느는 몰래 그를 관찰하며 작업을 시작한다.

〈타오르는 여인의 초상〉은 '시선'의 영화다. 그림을 위한 관찰이라는 설정 덕분에, 영화는 인물들이 주고받는 시선과 보는 행위 자체를 중요하게 다룬다. 그러면서 영화는 두 사람이 미묘한 감정의 기류에 휩싸이는 것을 본격적이고도 설득력 있게 그려내기 시작한다. 처음에 마리안느의 시선은 엘로이즈를 분해하듯이 관찰한다. 뒤집어쓴 후드가 바람에 벗겨지면서 드러난 금발의 머리칼, 곁눈질로 보이는 뺨의 색, 턱의 생김새 같은 것들. 마리안느가 자신의 진짜 정체를 숨기고는 있지만, 영화의 핵심은 서스펜스가 아니다. 마리안느가 이곳에 온 목적은 자신의 입을 통해 곧 밝혀지기 때문이다. 그간 마리안느가 몰래 작업해둔 그림을 본 엘로이즈는 "이 그림은 나를 닮지 않았으며 심지어 당신다움도 없다"고 단호히 말한다. 그러면서 화가와 모델로서 제대로 작업할 것을 제안한다. 그림을 그리기 위한 일방적인 목적으로 제한되었던 시선은 이제 사랑의 감정을 타고 쌍방의 행위가 된다.

마리안느가 엘로이즈를 관찰하듯, 모델로 선 엘로이즈 역시 마리안느를 바라본다. 따라서 두 사람 사이에 물리적 접촉이 있기 전에도 영화는 관능적인 긴장감을 자아낸다. 누군가를 유심히 바라보는 것이 상대를 발견하고 사랑하게 되는 과정의 시작임은, 영화와 관객의 경험 사이에 이미 이루어진 자연스럽고 암묵적인 합의와 같다. 물론 인간이 바라보는 대상 전부를 사랑하게 되는 것은 아니다. 이건 결과를 역으로 뒤집을 때만 성립 가능한 명제다. 사랑하는 상대에게는, 내가 오래도록 바라보며 관찰한 역사가 저절로 남게 되니까.

이때 중요한 것은 두 사람의 관계가 단순한 화가와 뮤즈가 아니라는 사실이다. 둘은 그림을 위해 토론하고 협업하는 파트너다. 중요한 주제는 모두 여성을 비켜 간다고 할 정도로 화가로서 제약이 많았던 마리안느를 위해, 엘로이즈는 오직 마리안느만이 그려낼 수 있는 것들을 제시한다. 예술적 영감이나 기록할 만한 주제들 앞에서 늘 배제됐을 마리안느에게 기회를 주는 것이다. 하녀 소피(루아나 바야미)가 낙태 시술을 받던 순간, 달밤의 모래사장에서 엘로이즈의 드레스에 불이 붙어 타오르던 찰나 같은. 그 사람을 진정으로 이해하고 느껴야만 담을 수 있는 '살아 있는' 초상화.

초상화는 본래 박제된 이미지다. 처음 마리안느가 곁눈질로 살피며 완성한 첫 그림은, 진짜 얼굴이 아닌 엘로이즈의 자아를 흉내 낸 가면을 그린 결과물로 보인다. 그러나 신중한 선 긋기와 여러 번의 덧칠을 통해 그림이 점점 입체적으로 변모하는 것처럼, 영화는 엘로이즈의 캐릭터에 여러 겹의 레이어를 씌워 점점 온전한 초상을 완성해간다. 머리 부분이 지워진 그림 속 여자로 처음 영화에 등장했던 엘로이즈는 점차 사회적 규율에서 탈출하려는 여인, 사랑이라는 욕망으로 타오르는 여인, 되풀이되는 유령 같은 잔상, 자기만의 또렷한 시선을 가진 철학자, 부드러운 영혼의 소유자로 계속해서 변주된다. 그리고 이 모든 레이어를 그릴 줄 알게 된 마리안느의 예술은 비로소 생명력을 얻는다.

임신 사실을 알고 스스로 낙태를 결정하는 하녀 소피를 둘러싼 서브플롯은 평등과 주체성, 사랑과 연대라는 영화의 결을 더욱 단단히 한다. 엘로이즈의 어머니가 며칠 집을 비운 사이, 세 인물이 머무는 공간은 이전과는 달리 보인다. 엘로이즈에게 이 섬은 절벽에 몸을 던진 자매의 죽음이라는 기억이 드리워진 곳이고, 답답한 마음을 견디지 못해 절벽 끝까지 달려가게 만드는 장소다. 음악과 예술을 마음껏 논할 수 있었기에 차라리 수녀원을 선호했던 엘로이즈에게 집은 고립되고 외로운 공간에 불과했다. 그러나 이제 이곳은 자유로운 유토피아로 변모한다. 세 사람은 계급 관계를 떠나 함께 요리하거나 카드 게임을 하며 시간을 보내고, 오르페우스 신화(이 역시 시선과 돌아봄에 대한)에 대해 토론한다. 소피도 자수를 놓으며 자신의 예술적 기질을 드러낸다. 영화 자체가 오르페우스 신화를 적극적으로 차용한 작품이기도 하지만, 인물들이 평등한 상태로 여성적 관점을 가지고 신화를 다시 이야기하고 해석한다는 점에서도 의미를 갖는 장면이다.

별다른 음악 없이 인물들의 몸짓과 카메라의 움직임 그리고 자연적인 사운드로만 정확한 리듬을 만들어가던 영화는, 마지막에 이르러 마치 터뜨리듯 음악을 허락하며 완벽한 해방감을 선사한다. 몇 분 남짓한 극장에서의 재회 장면은 주저하고 혼란스러운 마음, 낭만적으로 무르익는 관계와 헤어짐까지도 통과해온 사랑이 서로에게 어떻게 남는지에 대한 감흥을 선사한다. 인물은 별다른 움직임이 없지만, 그걸 지켜보는 관객의 마음에 철썩이는 파도 위에 올라탄 것마냥 격정적인 작용이 시작되는 건 그 때문이다.

그들이 누린 유토피아의 며칠과는 무관하게 그들을 향한 사회적 제약은 여전했을 것이며, 종교에 기반한 도덕은 죽을 때까지 이들의 삶을 엄격한 규율로 옥죄었을 것이다. 엘로이즈는 결국 원치 않는 결혼을 해야만 했다. 그러나 서로가 서로를 마음껏 사랑하고 자유롭게 꿈꾸었던 기억은 사라지지 않을뿐더러 누구도 앗아갈 수 없었다. 타오르던 장작불의 뜨거움, 힘찬 파도와 파란 하늘이 조화롭던 바닷가의 풍경, 바람에 부드럽게 흩날리던 머릿결을 바라볼 때의 감흥은 온전히 그리고 영원히 그들의 것이다. 나는 영화의 마지막 장면이 기억의 환희를 이야기한다고 생각한다. 서로의 몸과 마음에 각인된 기억은 때론 그 사람을 곁에 두는 것보다 강렬한 것임을. 그 사랑이 평생을 기꺼이 기억할 만큼 아름다운 것이었음을 말한다.

〈타오르는 여인의 초상〉은 끝까지 마리안느와 엘로이즈가 서로를 바라보는 시선, 그들을 여성적 시각(female gaze)으로 바라보는 영화의 시선 그리고 이 모두를 지켜보는 관객의 시선이 적극적으로 얽혀든다. 나는 이 영화를 본 뒤 전반적으로 꽉 짜인 시선의 거미줄 같은 시도가 하나의 예술적 결과물로 남을 수 있다는 데 감화됐다. 시선 그 자체가 이토록 강렬한 영화적 테마로 작용할 수 있는 것이다. 참고로 마지막 장면에 대한 나만의 해석은 이렇다. 마리안느가 "(엘로이즈는) 나를 보지 못했다"고 했던 건 사실이다. 다만 엘로이즈는 마리안느와 끝까지 눈을 마주치지는 않되, 자신을 바라보는 마리안느의 시선을 느끼고 있었을 것이다. 엘로이즈가 느끼는 환희와 떨림은, 당신이 나를 바라보고 있다는 것을 이미 알고 있는 사람의 벅찬 반응에 가까워 보인다.

## 내가 라면으로 보여?

**봄날은 간다**
허진호, 2001

명대사와 운명을 같이 하는 영화들이 있다. 〈봄날은 간다〉가 그렇다. 영화를 본 사람이든 보지 않은 사람이든, "라면 먹고 갈래요?"라는 대사는 알고 있을 것이다. 그런데 정확하게는 알려진 것과 워딩이 다르다. 극 중 은수(이영애)의 대사는 "라면, 먹을래요?"다. 비슷하지만 이 두 문장 사이에는 미묘한 뉘앙스 차이가 있다.

상황은 이렇다. 각각 사운드 엔지니어와 지방 방송국 라디오 PD인 상우(유지태)와 은수는 '일로 만난 사이'다. 호감이 없는 건 아니지만, 아직 서로의 의중까지는 완벽하게 파악하지 못한 상태다. 함께 취재를 다녀오던 날, 상우는 은수를 집 앞까지 데려다준다. 어색한 악수 뒤에 차에서 내린 은수. 곧 다시 뛰어와 이 한마디를 던진다. "라면, 먹을래요?"

그러니까 처음 이 말의 의도에는 '먹고 (자고) 가라'라는 의미까지 명확하게 들어 있지는 않다. 뜻밖의 라면 초대에 응한 상우는 은수의 집 소파에 어색하게 앉아 있다. 약삭빠른 선수와 거리가 먼 상우는 거실 한구석에 놓여 있는 술병들을 보며 "좋아하는 술이 뭐예요?" 같은 질문이나 한다. 이때 라면을 끓이기 위해 가스레인지 쪽으로 이동한 은수가, 결정적인 한마디를 더 한다. "자고 갈래요?"

차로 다시 달려온 은수가 이 말을 먼저 했다면, 그날 둘 사이에는 아무런 일도 일어나지 않았을지 모른다. 모든 일에는 순서가 필요한 법이다. 라면이라는 메뉴 선택은 작정하고 계획한 초대가 아닌 즉흥적인 은수의 제안에 어울린다. 부담 없이 금방 끓일 수 있으니 와서 먹고 가세요, 마침 저녁 먹을 시간인데. 이런 구구절절한 말은 다 떼어버리고 핵심만 전달한 은수는 고수 중의 고수다. 이후 코미디 프로그램 등에서 이 영화가 패러디되면서, 은수의 두 대사를 섞은 "라면 먹고 갈래요?"라는 유행어가 탄생했다. 그리고 이제 우리 모두는 이 말을 상대방을 유혹하는 뉘앙스로 이해하는 중이다.

실은 〈봄날은 간다〉의 라면에는 보다 더 중요한 의미가 있다. 이 영화에서 라면은 꽤 여러 번 회자된다. 수많은 브랜드 중에서 가볍게 고르면 되고, 고작 몇 분을 투자하면 한 끼 식사가 되는 라면은 서로에게 책임감 따위 깊이 가지지 않고 간편하게 만날 수 있는 사이를 대변한다. 문제는 사람이 모두 라면 같은 사랑만을 원하는 건 아니라는 점이다.

이 영화는 라면과 잘 차린 밥상의 상관관계로도 볼 수 있다. 거리낌 없이 말하고 먼저 다가서는 이가 은수라면, 이 소중한 마음을 금세 빼앗길까 봐 더 안달인 쪽은 상우다. 보고 싶다는 한마디에 한밤중에 서울에서 강릉으로 달려가 은수를 안아주는 사람. 술에 취해 들어오는 은수를 위해 쌀밥에 북엇국을 끓여 정성껏 한 상을 차려 놓는 사람. 상우는 사랑 앞에서 한없이 착한 사람이다.

이혼의 아픔이 있는 은수는 라면처럼 부담 없는 만남이라면 모를까, 김치가 필요한 밥상 같은 관계는 버겁다. 애정이 무례함으로 변해가는 은수를 보며 상우는 이렇게 소리친다. "내가 라면으로 보여?" 그렇게 상우는 미세하게 깨닫기 시작한다. 사랑이 조금씩 변해가고 있음을. 하지만 알아도 도저히 이해가 되지 않고, 스스로 답을 구할 수도 없기에 상우는 결국 헤어지는 순간마저 이렇게 물을 수밖에 없다. "사랑이 어떻게 변하니?" 답을 찾지 못한 그가 할 수 있는 일이라곤, 기껏해야 은수의 차를 몰래 긁고 쓸쓸하게 돌아서는 것뿐이다. 그렇게 멀어지는 상우의 가련한 등짝.

시간이 아주 많이 지나 내가 문득 궁금해진 것은, 집에 처음 같이 들어갔던 날 은수가 상우에게 어떤 라면을 끓여주었을까 하는 점이었다. 물론 라면을 실제로 먹느냐 아니냐가 딱히 중요한 밤은 아니었겠지만, 그날 두 사람이 라면을 먹는 모습은 영화에 나오지 않는다. 물이 끓고 라면 봉지를 뜯는 모습은 보였는데 이후에 과연 라면을 끓이긴 한 건가. 자고 가겠냐고 물어 놓고 괜히 민망해진 은수가 생라면을 한 번 오도독 씹어 먹는 게 정녕 끝이었단 말인가.

만약 라면을 먹었다면, 둘의 라면 취향은 같았을 것이라고 생각한다. 나의 추측은 확고하다. 라면 취향이 다른 사람과는 겸상 나아가 장기 연애는 절대 불가능하다. 라면에 무슨 취향 같은 게 있냐는 말은 하지도 말라. 라면은 무얼 어떻게 조립하느냐에 따라 달라지는 트랜스포머 같은 음식이다. 물의 양부터 끓이는 시간까지 모든 것이 첨예한 논쟁의 대상이다. 수프를 먼저 넣느냐 면을 먼저 넣느냐라는 사소한 의견 갈등으로 시작해 연인과 지구가 쪼개지도록 열변을 토해가며 싸워본 사람만이 이 주제에 대해 논할 수 있을 것이다. 참고로, 난 해봤다.

요컨대 이런 거다. 제임스 본드는 마티니를 주문할 때마다 "휘젓지 말고, 흔들어서"라고 한다. 이건 라면에 달걀을 넣을 때도 같은 문제다. 대파와 양파와 버섯까지는 오케이, 그 외에는 아무것도 넣지 않는 국물 라면을 선호하는 내게 달걀을 풀어 휘저은 라면은 고통 그 자체다. 넣을 거라면 그냥 빠뜨려 익히는 방식을 택한다. 그럼 적어도 국물은 탁해지지 않는다. 달걀을 마구 푼 데다 면이 퍼질 때까지 끓여버린 라면은 차라리 걸쭉한 죽이라 부르고 싶다. 갑자기 내 기호는 상관도 없이 자기의 취향이라는 이유로 그런 라면을 잘도 내밀곤 했던 구남친의 만행에 따져 묻고 싶다. 설마 너 요즘도 그러고 사니?

라면 봉지 뒤에 왜 조리 방법이 기재되어 있는 줄 아는가. 그건 최적의 맛을 위한 레시피만이 아니다. 서로 다른 라면 취향으로 싸우는 이들 때문에 입장이 곤란해진 라면 회사의 현명한 중재안일 것이다. 취향이 극명하게 갈린다면 심플하게 레시피대로 끓여 먹는 것을 국론으로 하자. 라면도 그걸 원할 거다.

라면처럼 쉽고 간편한 음식도 함께 먹으려면 이렇게 까다로운 음식이 되어버린다. 별다른 논쟁 없이 서로가 만족하는 사랑은 어떻게 가능할까? 라면 물을 올리며 가끔 골똘해진다.

# 거짓의 세계에서 홀로 진심을 주는 사람

무뢰한
오승욱, 2014

잡채를 만들기 위해선 여러 번의 밑작업이 필요하다. 불려놓은 당면을 팔팔 끓는 물에 삶을 때는 수시로 들었다 놨다 해준다. 찰기를 더하기 위해서다. 찬물에 면을 헹구고 체에 밭쳐 식히는 사이 고기나 해산물, 버섯, 각종 채소 등의 재료를 챙긴다. 모두 가늘게 썰어 따로 볶은 뒤 한 김 식혀둔 것들이어야 한다. 당면과 나머지 재료를 한데 넣고 양념장으로 간을 해서 조물조물 무쳐낸다. 내 입으로 들어가는 것도 귀찮아서 포기하는 요리가 잡채다. 하물며 남을 위해 만드는 건 보통 정성으로는 불가능하다. 〈무뢰한〉을 보며 마음이 미어졌던 이유가 여기에 있다. 보통은 잔칫날에 등장하곤 하는 이 음식을, 〈무뢰한〉은 가장 슬픈 순간에 등장시켜버렸다. 이 영화를 본 후로 나는 아직도 가끔 잡채를 바라보면 복잡한 심경이 되곤 한다.

혜경(전도연)의 상황은 따분하다. 애인 준길(박성웅)은 사람을 죽이고 잠적했다. 별안간 찾아와 황급히 몸만 섞거나 돈을 요구하고 다시 사라진다. 무례한 취객들과 부대껴야 하는 혜경의 일터, 단란주점 '마카오'의 매일은 고단하다. 그러는 사이 혜경의 마음은 얼마 전 마카오의 영업 상무로 들어온 영준(김남길)을 향해 조금씩 열린다. 곁을 지켜주는 존재의 힘은 세고, 끝을 모르는 기다림을 지속하는 마음은 가냘픈 법이다. 그러나 혜경은 영준의 정체를 아직 모르고 있다. 그의 진짜 이름은 재곤. 준길을 잡기 위해 혜경의 곁에 잠복하는 경찰이다.

영화에는 혜경이 만든 음식이 두 번 나온다. 처음엔 준길을 위해서다. 혜경의 집에 도청장치를 설치하려 잠입한 재곤은 요리의 흔적을 본다. 미리 부쳐둔 전, 아직 채 쓰지 않은 식재료들이 좁은 싱크대에 그득하다. 따뜻한 음식을 만들어 먹이고 싶은 마음. 혜경의 사랑은 그런 것이다. 재곤이 다시 그것을 마주하는 곳은 쓰레기통이다. 기어이 나타나지 않은 준길이 약속했던 혜경이 죄다 내다 버렸기 때문이다. 혜경이 버린 것은 단순한 음식이 아니다. 약속을 지키지 않는 연인이 형편없이 뭉개버린 자신의 시간과 애정이다. 그리고 재곤이 쓰레기통에서 본 것은, 한 사람이 다른 사람에게 줄 수 있는 최선의 순정이다.

그랬던 혜경이 재곤을 위해 요리를 한다. 두 사람이 처음 사랑을 나눈 다음 날 아침이다. 잡채를 만드는 혜경의 뒷모습은 분주하다. 그건 혜경이 그날 만들 수 있는 가장 정성스러운 음식이었을 것이다. 어쩌면 이 남자와 다른 삶을 살 수 있지 않을까. 전날 나눈 이야기처럼 "상처 위에 또 상처, 더러운 기억 위에 또 더러운 기억"을 쌓는 것이 아니라 새롭고 깨끗한 시간들을 맞이할 수 있지 않을까. 하지만 이 사람이 나와 기꺼이 떠나기란 쉽지 않겠지. 당면을 삶고 채소를 썰면서 혜경은 아마도 그런 생각들을 했을 것이다. 모래성을 짓듯 기대를 쌓았다가 또 무너뜨렸다가를 반복하면서.

두 사람은 잡채와 소주를 올려둔 밥상을 두고 마주 앉는다. 재곤이 묻는다. "준길이 돈 줘서 보내버리고 나랑 살면 안 될까." 혜경이 되묻는다. "진심이야?" 마음속에 조심스럽게 차오르는 기대를 티 내지 않으려는, 하지만 이미 달뜬 혜경의 얼굴에 마음 한구석이 저릿해지는 기분이었다. 하지만 결국 잡채는 혜경의 차지다. 재곤은 잡채에 제대로 손도 대지 않고 집을 나가버린다. 그때 재곤이 던진 한마디 대답에 말문이 막혀버린 혜경은 홀로 꾸역꾸역 잡채를 먹는다.

이건 반칙이다. 잡채가 이렇게까지 슬픈 음식이어도 되냔 말이다. 그 옆에 놓인 소주는 혜경을 바라보느라 가뜩이나 초라해지는 마음을 더 초라해지게 만들었다. 한 젓가락 맛있게 먹고 나가면 뭐가 좀 어때서. 뒤돌아 나가는 재곤의 뒤통수에 잡채를 집어 던지고 싶은 심정으로 나는 혜경의 표정을 살피느라 안절부절했다. 실망과 체념과 스스로를 향한 조소(嘲笑)가 뒤섞인 감정의 덩어리가 혜경의 얼굴에 고요하게 오르내리고 있었다. 할 수만 있다면 화면으로 뛰어들어가 소주라도 한 잔 따라주고, 등이라도 쓰다듬어주고 싶었다.

어떤 배우가 특정 상황과 감정을 너무 적확한 방식으로 연기하면, 나는 늘 스크린과 내 사이가 맥없이 허물어지는 듯한 느낌을 받는다. 눈앞에서 펼쳐지고 있는 이야기가 애초에는 누군가의 상상이고, 그걸 연기하는 이들은 직업적 역할을 수행하고 있다는 것 자체를 잊어버리는 것이다. 시각과 사운드 기술이 나날이 발전하고 영화가 VR이라는 체험의 영역에서 이야기되곤 하지만, 근본적인 감동을 만들어내는 것은 어쩌면 아주 기본적인 요소들의 고유 영역일지 모른다. 잡채가 등장하는 순간 극장에서 냄새를 맡을 수 있다면 이 장면의 생동감이 더해질까? 아닐 것이다.

오승욱 감독이 개봉 당시 한 인터뷰를 보면, '잡채 신'은 애초에 편집당할 위기에 놓인 장면이었다. 관객에게 감정을 강요하는 것 같아서였다고 한다. 그러나 나는 이 장면에서, 정확하게는 재곤을 먹이고 싶은 마음에 만들었던 잡채를 자기 입으로 쓸쓸하게 욱여넣는 혜경의 얼굴에서 '죄'라는 이 영화의 테마를 정확하게 떠올리곤 한다. 혜경은 모두가 거짓을 말하는 세계에서 번번이 상처받더라도 자기감정에 매 순간 솔직하려 애쓰는 인물이다. 누군가를 사랑하는 마음이 들면, 그걸 책임져보려 한다. 그런 혜경에게 재곤은 죄를 지었다. 가짜인 상태로 누군가의 마음을 훔치려 하는 것이 죄가 아니라면 무엇일까. 그에겐 혜경의 정성스러운 상차림을 받을 자격이 없던 셈이다. 사랑의 자격은 더욱이 없었다.

# 미치기 일보 직전의 여자들이 모인 부엌

**신경쇠약 직전의 여자**
페드로 알모도바르, 1988
×
**귀향**
페드로 알모도바르, 2006

가스파초. 발음하는 것만으로도 왠지 시원한 기분이 드는 이런 음식이 세상에 있다는 걸, 나는 〈신경쇠약 직전의 여자〉를 통해 처음 알았다. 영화는 이전에 가본 적 없는 나라의 음식과 문화를, 사람들의 정서를 알게 한다. 생각해보면 카를로스 사우라, 페드로 알모도바르 같은 스페인 거장의 영화는 내게 그들의 나라에 대한 깊은 인상을 남겼다. 정이 많아 눈물도 많고, 끓어오르는 열정과 강인한 생명력을 지닌 스페인 여자들의 이야기에 나는 번번이 마음을 빼앗기고 만다.

이 영화는 페드로 알모도바르 감독 작품 중에서도 단연 손에 꼽히게 정신없고 웃기는 코미디다. 감당 안 되는 정신세계를 가진 인물들이 떼로 나와서 벌이는 소동극의 중심에는 페파(카르멘 마우라)가 있다. 바람둥이 애인 이반(페르난도 길리언 쿠에르보)은 자동 응답기를 통해 느닷없이 이별을 통보한다. 떠나야 하니 짐을 챙겨달라는 오만방자한 요구까지 덧붙인다. 이반을 향한 분노는 페파를 제목 그대로 '신경쇠약 직전의 여자'로 만든다.

페파가 이반과의 접촉을 시도하는 사이 어쩐지 페파의 집에는 서로 다른 이유로 사람들이 잔뜩 모여든다. 홧김에 내놓은 집을 하필이면 이반의 아들 카를로스(안토니오 반데라스)와 그의 애인 마리사(로시 드 팔마)가 보러 온다. 뒤이어 테러리스트와 사랑의 불장난을 벌인 후 경찰에게 쫓기는 신세가 된 친구 칸델라(마리아 바랑코), 칸델라를 쫓는 경찰들, 이혼한 후 정신병원까지 가야 할 정도로 내상을 입었던 이반의 전 부인 루시아(줄리에타 세라노), 홧김에 페파가 집어 던진 전화기를 고치러 온 수리공까지. 온갖 사람들이 모인 페파의 집은 아수라장이 된다.

극 중 모든 인물의 행동은 좀체 종잡을 수가 없는데,

특히 페파의 심리 변화는 엄청난 굴곡의 그래프를 그려 나간다. 나는 이반의 짐을 내다 버리다 말고 한때 두 사람이 함께 뒹굴었던 침대에 불을 질러버리는 페파의 엄청난 화끈함에 놀랐다. 과연 영화 내내 선명한 붉은색으로 대표되는 여자다웠다. 그러다 돌연 부엌으로 간 페파가 만드는 음식이 바로 가스파초다. 일종의 토마토 수프인 이 음식은 토마토와 각종 향채, 오일과 비네거, 빵을 한데 갈아 만든다. 페파의 말대로 "맛의 비밀은 비율"이며, 핵심은 냉장고에 넣어뒀다가 차갑게 마시는 데 있다. 색은 페파의 옷처럼 붉다. 신경질을 내며 토마토를 썰다가 유혈 사태까지 발생하지만, 페파는 아랑곳 않고 가스파초를 완성한다.

문제는 며칠째 잠을 제대로 자지 못한 페파가 처방받아 온 수면제를 여기에 몽땅 털어 넣었다는 점이다. 원래는 이반에게 먹일 계획이었지만, 이내 엉뚱한 사람들이 마시고야 만다. 처음에는 마리사, 이후에는 루시아를 제외하고 이 집에 온 모두가 자발적으로 가스파초를 마시고 곯아떨어진다. 말하면서 하품을 하다가 갑자기 화면 밖으로 픽 쓰러지는 이 만화 같은 연기를 배우들은 잘도 해낸다.

처음에는 사랑에 미련하게 목숨을 거는 여자들의 '캣파이트'처럼 보였던 영화의 진가는 후반에 드러난다. 남자들이 치사하게 도망치거나 관계를 포기해버리는 사이, 미치기 일보 직전인 여자들은 차라리 극강의 최선을 다한 뒤 씩씩하게 이별을 고하는 쪽을 택한다. 모두가 잠든 사이 대추격전을 벌이고 집으로 돌아온 페파가 잠에서 깬 마리사와 대화를 나누는 테라스 신은, 내가 이 영화에서 가장 좋아하는 장면이다.

스페인을 여행할 때 문득 이 영화가 생각나서 가스파초를 주문해 먹어보았다. 누군가에게는 영혼의 수프가 될 만하다 싶었다. 생토마토에서 나는 특유의 비린 향도 없었다. 따사로운 빛을 한껏 받고 자란 스페인 토마토는 좀 더 다디달게 느껴졌다. 그곳 사람들이 아침 식사로 즐겨 먹는다는 판 콘 토마테 역시 충격적으로 맛있었다. 바게트를 딱딱해질 때까지 구워서 생마늘을 문질러 향을 입힌 다음, 토마토를 문지르거나 잘게 썰어 올린다. 마지막으로 신선한 올리브유와 소금을 살짝 뿌려주면 끝. 이 간단한 요리가 대체 왜 이렇게 맛있는 건가 싶었는데, 신선한 토마토 맛이 비결의 전부였던 것 같기도 하다.

평생 술과는 거리가 먼 '알코올 쓰레기'로 살아온 나도 스페인에서는 몇 번인가 하우스 와인을 주문하고 말았다. 토마토를 넣은 해산물 요리를 먹으면서 딱 한 모금의 풍미가 절실한 순간들이 있었기 때문이다. 가스파초는 과음한 다음 날 먹는 해장 음식이기도 하다더니, 정말로 와인을 마신 다음 날 먹으면 컨디션을 정상 궤도로 돌려놓는 효과가 있었다. 와인 몇 모금에 대체 왜 해장이 필요하냐고 묻지 말아달라. '알코올 쓰레기'에게도 숙취는 있고, 해장도 필요하다.

알모도바르 감독의 또 다른 영화인 〈귀향〉(2006)에서는 제목 그대로 많은 것이 돌아온다. 감독은 자신의 고향인 라 만차 지역을 배경으로 삼아, 죽음을 삶의 일부로 받아들이며 살기에 유령의 존재를 낯설게 받아들이지 않는 인물들을 내세운다. 무엇보다 그가 가진 많은 이야깃거리 속에서 원류라 할 수 있는 여성과 모성의 세계로 돌아온 작품이다. 그리고 이 영화는 마침내 제자리를 찾은 여성들의 이야기다. 남성의 욕망 때문에 자신이 있어야 할 자리를, 혹은 자신과 연대할 다른 여성의 손을 어쩔 수 없이 놓아버려야 했던 여성들이 과거를 극복하고 돌아와 서로를 다시 부둥켜안는다.

배우도 돌아왔다. 〈신경쇠약 직전의 여자〉 이후 20여 년간 알모도바르 감독 영화에 출연하지 않았던 카르멘 마우라는 이 영화에서 라이문다(페넬로페 크루즈) 자매의 엄마이자 정체불명의 '유령' 이리네로 출연한다. 페파일 때 가스파초를 만들었던 그는, 이제 딸들 몰래 그들에게 줄 도넛을 만든다. 영화에는 이리네가 도넛을 튀기는 장면이 등장하지 않지만, 딸들은 도넛을 맛보자마자 엄마가 만든 것임을 단숨에 알아차린다. 사람들의 말처럼 정말로 엄마의 유령이 돌아온 것일까. 엄마의 존재를 느끼는 딸의 눈에는 물기가 어린다.

나는 신경질적 분위기가 가득했던 〈신경쇠약 직전의 여자〉 속 부엌보다, 정겨운 수다와 모두가 함께 만드는 음식이 있는 〈귀향〉의 부엌을 좀 더 좋아한다. 그곳에는 엄마의 음식을 추억하는 딸들의 마음이 있고, 도넛을 먹다 말고 설탕이 묻은 손가락으로 입술과 머리카락을 정

신없이 만지는 여자들의 사랑스러운 부산스러움이 있다.

알모도바르는 부엌이라는 장소의 일상적 풍경을 무척 사랑하는 동시에 한편으로는 몹시도 낯선 장소로 그리고 싶은 욕망이 있는 것 같다. 극 중에서 라이문다가 잠시 운영을 도맡은 레스토랑 부엌은 사람들의 웃음과 아름다운 노래가 흐르는 곳이지만, 구석에 있는 냉장고 안에는 용서받을 수 없는 죄를 지어 죽음을 맞은 누군가의 시체가 존재한다. 인물들로 하여금 음식에 수면제를 넣고 냉장고에는 시체를 넣게 하는 알모도바르의 이 고약한 취향이, 나에게는 흥미로운 길티 플레져로 다가온다.

# 식어버린 사랑을 꾸역꾸역 삼킬 때

**연애의 온도**

노덕, 2012

앞서 어울리지 않는 온도와 어긋난 조합의 음식을 싫어한다고 말했던 것을 기억한다. 이 분야에서만큼은 싫은 것을 견디는 참을성이 남들보다 유별나게 부족한 것 같기도 하다. 외식업계에 치즈 열풍이 불어 온갖 음식에 치즈 폭탄이 떨어질 때, 나는 진심으로 누군가 동태찌개 같은 데에 치즈를 버무릴까 봐 걱정했다. 물론 각자의 입맛은 존중한다. 하지만 '퓨전'을 싫어하는 나의 취향 역시 존중받고 싶다. 등갈비는 등갈비여야 한다. 모차렐라 치즈 등갈비가 아니라.

차가운 국, 식어빠진 떡볶이, 불어버린 라면 같은 것. 이건 잘못된 매칭이다. 차가운 음식을 싫어하는 것이 아니다. 모 감독은 예전부터 '커피는 모름지기 뜨겁게 마셔야 하는데 왜 아이스커피를 마시는지 이해가 안 된다'며 사계절 내내 따뜻한 커피만 마신다고 했지만, 그 의견에는 반대다. 속에서 열불이 날 때 목구멍을 열고 아이스커피를 들이붓는 것만큼이나 속 시원한 게 또 있으려고. 극장 안에서 속 답답해지는 영화를 볼 때도 얼음을 와그작 씹는 것은 관람에 작은 도움이 된다. 어쩌면 내가 정말로 싫어하는 것은 어울리지 않는 온도와 어긋난 조합에 가려진 무심함이다. 급하게 어떤 일을 처리하느라 응당 뜨거울 때 먹어야 할 음식이 식어버렸을 때, 아니면 퉁퉁 불어버렸을 때 첫 수저를 뜨는 기분은 좀 비참하기까지 하다.

누군가는 고작 차가운 국 같은 것 때문에 느끼는 비참함을 비약이라고 하겠지만, 사람이 자기 자신을 하찮게 느끼게 되는 건 사소한 순간들이 쌓여서이기 때문이라고 생각한다. 스스로를 돌봄에 있어 대충은 안 된다. 취향 때문에 식은 음식을 선호할 순 있어도, 누군가가 '차가운 국을 내놔도 언제나 불평 없는 사람'으로 나를 대하게 만들어서는 곤란하다. 자존감을 지키는 비결은 결국 아주 사소한 선택들이 만들어낸다고 나는 믿는다.

〈연애의 온도〉의 영(김민희)과 동희(이민기)는 자주 같이 뭔가를 먹거나, 먹는 것에 대한 대화를 한다. 감독은 연애의 8할이 함께 뭔가를 먹으며 지속된다는 것을 알았던 것 같다. 함께 무언가를 나눠 먹는 시간을 지속적으로 공유하는 것. 내 입에 맛있는 것을 너에게도 주고 싶은 마음. 관계 안에서 그만큼 서로를 끈끈하게 연결하는 행위는 드물다. 그래서 누군가와 만나며 우리가 가장 많이 하는 말 또한 '맛있는 것 먹으러 가자'가 아니겠는가. 싫은 사람에게 그 얘기를 선뜻 건넬 확률은 글쎄, 나의 경우엔 제로에 가깝다. 입에 이제 막 들어가고 있는 것도 빼앗아 던져버리고 싶다면 모를까.

아무리 그렇다고는 해도 같이 밥 먹는 게 아니면 할 게 없는 것만큼 따분한 관계도 없다. 연애의 경우라면 최악의 상황이다. 먹는 데 들어갔던 돈까지 따지고 있는 사이라면 더 말할 것도 없다. 영과 동희 커플이 처음 헤어졌을 때, 영은 이런 말까지 한다. "데이트 할 때마다 네가 돈 썼다고 착각하는 모양인데, 나 너 만날 때마다 배고파서 맨날 밥 먹고 나갔어. 어쩌다가 네가 가끔 살 때도 난 제일 싼 것만 시켰다. 그래도 너는 눈치를 그렇게 줘서 사람 기분 엿같이 만들었지. 조금만 비싼 거 시키면 하루 종일 말도 안 하고 남자가 쪼잔하게 진짜." 빤한 영화를 끝까지 보느니 맛있는 거나 먹자며 극장에서 번번이 나가버리곤 했던 둘은 매번 대체 뭘 먹었던 걸까. 그럴 거면 왜 그렇게 박력 있게 극장을 박차고 나갔던 걸까. 문득 떠오른 궁금증의 답을 찾기도 전에, 두 사람은 헤어져버렸다.

그러나 끝날 때까지 끝난 게 아닌 항목 중 첫 번째 역시 연애다. 영과 동희는 결국 다시 만난다. 그리고 얼마간의 시간이 지난 뒤, 편한 옷차림을 한 두 사람이 집에서 짜장면을 먹고 있는 장면이 등장한다. 이 장면이 등장하고부터 나는 마음이 불편해지더니 급기야 집중력이 흐트러지기 시작했다. 물론 짜장면은 죄가 없다. 하지만 이 장면 속의 매칭은 분명 어울리지 않는 온도와 조합이 만들어내는 좋지 않은 결과를 예고하고 있었다. TV 쪽을 향해 나란히 앉아, 서로 아무 긴장감 없이 짜장면을 먹고 있던 그 상황에 영은 불쑥 결혼 이야기를 꺼낸다. 비슷비슷한 걸로 싸우고 화해하고 다시 헤어지는 건 우리가 그만큼 서로에게 익숙해서일 거라고. 우리 관계에는 새로움이 필요하고, 그러니까 결혼하는 게 어떻겠느냐고.

나는 거의 절망에 가까운 기분을 안고 이들의 대화를 지켜봤다. 결혼 이야기를 꺼내는 순간 영의 표정엔 생기도 없고 설렘도 없다. 아마도 영은 생각했을 것이다. 이 너저분한 테이블과 먹다 남은 짜장면 앞에서 분홍빛이어야 할 미래를 이야기하기엔 조금은 슬프다고. 우리는 이미 서로에게 짜장면도 아니고 짜장밥도 아닌, 그야말로 이 맛도 저 맛도 아닌 이들일 거라고. 그러니 정말 결혼하자는 게 아니라, 내가 이 이야기를 꺼내면 네가 다른 방식으로 우리의 관계를 변화시킬 무언가를 고민해주었으면 좋겠다고, 이러한 마음의 기저까지 읽지 못한 동희는 그 순간 영에게 상처 주지 않는 것만이 이 상황을 벗어나는 최선일 거라 생각하는 얼굴이다. 식을 대로 식어버린 짜장면 앞에서, 찬밥까지 비벼 넣어 애초의 모습까지 잃어버린 그 음식 앞에서 마지못해 결혼을 약속한 연인이 어색하게 웃고 있었다.

편하게 전화 한 통이면 배달되는 짜장면은 맛집을 찾기 위해 더는 같이 발품할 일 없는 이들의 사이를 대변한다. 무얼 먹어도 맛을 느낄 수 없는 관계가 되어버린 영과 동희는 이후 레스토랑에 가도, 놀이공원에서 영이 직접 싸 온 도시락을 먹어도 모래알을 씹듯 한다. 그리고 다시 한번 깨닫는다. 이미 깨졌던 둘의 사이를 이어 붙이기란 불가능하다는 것을. 한 번 식어버렸던 연애의 온도를 다시 적정 온도로 만들기엔, 이미 너무 멀리 와 버렸다는 것을.

나는 아직도 그 순간 영이 결혼 얘기를 꺼내지 말았어야 한다고 생각한다. 그럼 최소한 자존감은 덜 무너졌을 것이다. 그럼에도 그건 자신의 애정에 마지막까지 최선을 다하려는 자의 안쓰러운 노력이었다는 것 역시 안다. 금반지라도 하나 먼저 준비할 마음 없는 남자의 태도가 치사해 죽겠지만, 그 앞에서 관계를 포기하지 않고 어떻게든 회복해보려는 자세 말이다. 마치 음식을 데우는 것처럼, 식어버린 마음을 전자레인지에 간단히 돌려 적정 온

도로 다시 데울 수 있다면 얼마나 좋을까. 하지만 그건 앞으로의 인류 문명에서도 영원히 불가능한 일일 것만 같다. 과학기술이 이렇게까지 발전한 시대에 왜 인간의 마음은 기술의 영역으로 회복이 불가능한 걸까. 나는 가끔 그런 쓸데없는 것들이 궁금하다.

## 미숙한 내 곁에 머물러준 사람에게

**시간을 달리는 소녀**

호소다 마모루, 2006

여름은 번거로운 것이 많은 계절이라고 생각하지만, 이 애니메이션 속 여름을 떠올리면 기분이 좋아진다. 주인공들이 입은 교복의 반팔 소매에서는 옷감이 잘 말랐을 때 나는 사각거리는 소리가 들리는 것 같고, 자전거를 탈 때 얼굴에 닿는 기분 좋은 바람 같은 것들이 떠오른다. 청량한 여름. 현실에서는 잘 느껴지지 않던 계절의 맑은 느낌이 여기에는 있다.

절반은 주인공의 풋풋하고 사랑스러운 기운 때문이기도 하다. 어느 날 타임 리프를 할 수 있게 된 여고생 마코토(나카 리이사)는 지극히 사소한 것들에 이 능력을 쓰며 여름을 보내고 있다. 냉장고에서 좋아하는 푸딩을 꺼내 먹기 전이나 노래방에서 공짜로 시간이 추가된 직후 같은 순간으로 돌아가는 것이다. 능력 낭비인 것 같지만, 생각해보면 인생을 행복하게 만드는 것은 이런 사소하고 일상적인 순간들이기도 하고 말이다. 타임 리프를 쓸 때마다 바닥에서 엉망으로 구르면서 여기저기 부딪히기 일쑤여도 마코토는 즐겁기만 하다.

그러던 마코토가 자못 심각해진다. 절친한 친구 치아키(이시다 타쿠야)의 고백 때문이다. "나랑 사귀지 않을래?" 당황한 마코토는 급기야 치아키의 고백을 듣기 전으로 시간을 되돌리기에 이른다. 당혹스러운 순간을 피하고 싶은 마음에 아예 없던 일이 되기를 소망하는 것이다. 내가 받아들일 순 없는, 상대방이 지닌 마음의 무게를 이해하고 나름의 예의를 다해 배려하기에는 조금 이른 나이다.

마코토의 여름을 지켜보면서 가장 마음이 아릿해진 때는, 시간을 자꾸 되돌리면서까지 치아키의 고백을 모른 척하려던 마코토가 문득 무언가를 깨달은 순간이었다. 마코토는 치아키가 곁에서 영영 사라져버릴 것이라는 사실을 알고 나서야 그에 대한 자신의 감정을 처음으로 자각한다. 엉뚱하게 타임 리프 능력을 전부 써버린 마코토는 달리고 또 달리면서 이제 곧 사라지려는 치아키를 따라잡으려 한다.

시간의 속성처럼 앞으로 달아나는 화면의 프레임 안에서 자꾸만 뒤처지던 마코토가 결국 제힘으로 그 프레임을 따라잡고, 또 좀 더 빠르게 달려 아예 벗어나는 장면은 무척 아름답다. 명랑하기만 했던 소녀가 한 뼘 더 성장하는 순간이다. 그때의 경이로움을 이렇게 직관적으로 표현해낸 장면은 아직까지 이 영화 말고는 얼른 떠오르지 않는다. 미래에서 온 치아키가 자신의 세계로 돌아가기 전 마코토에게 남긴 한마디 역시 문득 한 번씩 떠올릴 정도로 뭉클하다. 그걸 들은 마코토 역시 인상적인 대답으로 치아키에게 미처 하지 못했던 많은 말을 대신한다. 아직 영화를 보지 못한 이들에게는 언젠가 한 번쯤은 이 예쁜 대화를 목격하기를 권하고 싶다. 미성숙한 방식으로 시간을 달려와 그때는 상상하지도 못했던 현재를 살고, 또 미래로 가려는 우리 모두를 다독이는 말들이므로.

몇 년 전까지만 해도 어느 날 내가 타임 리프를 할 줄 알게 된다면 과거에 내가 상처 준 이들에게 사과하러 다니느라, 혹은 그 반대로 '그때 나한테 왜 그랬느냐'를 따져 묻고 다니느라 그 능력을 다 써버릴 것 같았다. 아주 서툴고 예의 없는 방식으로 누군가를 떠나보내거나 우물쭈물 굴었던 과거의 기억은 통째로 들어내고 싶을 정도로 민망했다. 반대로 자신의 예민함을 무기로 내게 못되게 군 사람들도 찾아다니며 따지고 싶었다. 미안하고 분한 마음은 종이에 흘린 커피 얼룩처럼 흔적을 남긴다. 때로 나는 그것을 내 인생이 한심하게 흘렀던 순간들의 증거처럼 여겼다.

지금은 조금 다르게 생각한다. 타임 리프 능력이 생긴다면, 여전히 얼룩이 생긴 과거의 순간들로 돌아가고 싶긴 할 것 같다. 하지만 실수를 바로잡아 아예 없던 일로 만들고 싶진 않다. 그것보단 이미 벌어진 결과에, 책임감과 미안한 마음을 가지고 제대로 사과를 전하고 싶다.

그 사람에게 남을 얼룩을 조금이라도 희미하게 만들어주고 싶다. 반대로 내게 상처 준 사람들에게 찾아가 이유를 따져 묻지는 않을 것이다. 대단한 통찰의 결과가 아니라…… 이제는 그냥 안 만나고 싶다. 좋은 건 나만 하련다.

## 언젠가 내가 차리고 싶은 식탁

**주디**

루퍼트 굴드, 2019

배우 주디 갈란드에 대한 기억은 많지 않다. 나와는 다른 시대를 살다 간 그의 인생과 작품을 속속들이 이해한다는 것도 불가능하다. 따라서 이 배우에게 내가 가졌던 인상이란 평범했다. 「오버 더 레인보우(Over The Rainbow)」를 부른 〈오즈의 마법사〉(1939)의 도로시. 평탄하지 않은 말년을 보내며 쓸쓸하게 생을 마감한 비운의 스타. 그리고 할리우드의 많은 스타들에게 지금도 롤 모델, 혹은 자신에게 가장 큰 영감을 준 아티스트로 손꼽힌다는 것 정도였다.

마지막 항목의 연관 검색어처럼 떠오르는 인물은 스칼렛 요한슨이다. 한 IPTV 채널에서 배우 인터뷰 코너를 진행하고 있을 때였다. 신작 영화 홍보차 내한한 그와 20분가량의 짧은 인터뷰를 나눌 기회가 있었다. 그는 세 살 때부터 주디 갈란드를 보고 배우를 꿈꿨다고 이야기해왔다. 이제는 다른 누군가가 그를 보고 꿈을 꾸고 있을 테다. 나는 인터뷰 후반에 그에 대한 이야기를 나누고 싶었다. 어린 시절부터 배우가 되길 명확하게 꿈꾸고 그 길을 부지런히 걸으며 품었던 한 사람의 마음가짐이 누군가에게는 용기로, 또 누군가에는 꼭 필요한 조언으로, 또 다른 누군가에게는 위로로 전해질 수 있을 거라고 생각했기 때문이다. 나는 스칼렛 요한슨을 선망하고, 그처럼 어린 나이부터 배우를 꿈꾸는 어린 소녀들에게 들려주고 싶은 얘기가 있냐고 물었다. 그는 이렇게 답했다.

"배우는 대단한 체력과 집중력, 인내심을 요구하는 직업이에요. 공부도 많이 해야 하고 아무나 할 수 있는 일은 아니죠. 화려해 보이는 부분도 많이 있지만 기본적으로 진지하게 임해야 해요. 이쪽에 관심을 갖고 있는 젊은 친구들에게 해줄 수 있는 말은 본인의 열정을 따르되 스스로 '이게 정말 내가 하고 싶은 일인가'를 끊임없이 되물어야 한다는 것이에요. 경쟁이 어마어마하니까요. 열정과 명분이 있어야만 할 수 있는 일이에요. 시도해보고, 모험을 겪어보고, 갈 데까지 가보면 언젠가는 본인이 만족할 때가 올 거예요."

다이어트가 지긋지긋했고, 능력은 깎아내리면서 늘 육감적인 몸매만으로 자신을 평가하기 바쁜 사람들 사이에서 두려워했던 소녀가 어느덧 이토록 단단하게 할리우드라는 정글에 뿌리내렸다. 여성을 향한 부당한 문제들에 목소리를 내는 데 주저하지 않으며, 수퍼히어로 장르 영화의 세계관 안에서 한 명의 강인한 영웅으로 자리매김했다. 쉼 없이 작품 활동에 임하며 연기로 모든 것을 설득해내는 배우가 됐다. 스칼렛 요한슨이라는 이름 안에 이 모든 결과들을 심기까지 그가 걸어왔던 과정은 분명 가시밭길이었겠지만, 그의 말마따나 열정과 명분을 잊지 않은 결과는 값지고 달았다.

스칼렛 요한슨과 주디 갈란드의 삶을 단순 비교할 생각은 없다. 누군가의 인생은 그런 대상이 돼선 안 된다.

그들 모두 각자의 삶에서 충분히 치열했고, 대중에게 사랑받을 만한 재능을 타고난 이들이었다. 그 결과 시대를 대표하는 스타로 자리매김할 수 있었다고 본다. 다만 그날 인터뷰를 마치고부터, 주디 갈란드가 동시대의 스타였다면 어땠을까 하는 생각을 종종 해보게 됐다. 어쩌면 거대 스튜디오의 부당한 처사에 목소리를 드높이고, 사람들과 연대하며 어려움을 극복하고 재능을 한껏 꽃피웠을지 모른다. 때로 시대와 사회적 환경은 사람의 인생을 좌지우지하는 너무 큰 변수로 작용한다. 그가 할리우드 대형 스튜디오인 MGM과 계약하고 '친근한 옆집 소녀' 도로시가 되도록 모든 것을 통제당하며 이미지를 만들어가던 1930년대는, 불행하게도 모든 부당함이 당연하게 여겨졌던 때다.

영화 〈주디〉는 인물의 인생 전체를 들여다보지 않는다. 그가 비인간적 시스템 안에서 스타로 발돋움하기 시작한 때와 경력의 가장 내리막 시기를 대비하며 오가는 방식을 택했다. 카메라는 MGM이 키워낼 스타로 발탁된 어린 주디(다르시 쇼)가 비인간적 대우와 학대를 받으며 활동을 이어가던 때와, 1968년의 주디(르네 젤위거)가 영국 런던에서 올랐던 쇼 무대의 순간들을 교차로 오간다.

이는 '주디 갈란드의 인생이 어쩌다 여기까지 와버렸나'에 대한 극단적 원인과 결과처럼 보이기도 하고, 자유를 빼앗긴 스타가 겪어야 했던 불행의 극한 지점만으로만 보일 측면도 분명 있다. 그럼에도 이 영화는 주디의 고통을 소비했다는 혐의에서 어느 정도 벗어난다. 그를 초기 할리우드 시스템의 폭압에서 살아남은 생존자, 몸과 마음이 끝없이 무너져 내리는 와중에도 무대를 사랑했던 엔터테이너, 자녀들을 향한 사랑을 끝까지 놓지 않았던 어머니로 묘사하고 있기 때문이다.

MGM의 수장 루이 B. 메이어(리처드 코드리)는 주디를 스튜디오 소유의 물건 다루듯 한다. 하루 열네 시간 이상 일할 수 있도록 각성제를 먹이고, 불면증에 잠 못 이룰 때 다시 수면제를 먹인다. 깡마른 몸을 유지하기 위해 하루 한 끼의 식사만 허락한다. 그나마도 영양소가 골고루 균형 잡힌 식단이 아니라 닭을 넣고 끓인 수프와 커피 정도가 전부였다. 주디가 반항심에 작은 일탈이라도 할라치면 어김없이 정신 교육을 가장한 언어 학대에 시달려야 했다. 어린 나이부터 비정상적인 수면 시간과 갖은 약물 투여, 폭력적인 환경에 노출되었던 주디가 건강한 심신을 가진 어른으로 성장하기란 불가능하다.

중년의 주디는 속수무책으로 망가진 상태다. 여러 번 경험한 결혼 생활은 한 번도 그의 안식처가 된 적이 없다. 양육권을 주장하는 전남편으로부터 아이들을 데려와 함께 살기 위해 돈을 벌어야 하는 주디는 결국 런던 투어 무대에 오르기로 한다. 매일 밤 약물과 술에 취한 주디와 어떻게든 그를 무대에 올리려는 사람들 사이의 힘겨운 실랑이가 벌어진다. 그럼에도 무대는 여전히 그에게 가장 익숙한 곳이다. 제멋대로이긴 해도 무대에만 올려놓으면 사람들의 환호를 이끌어내는 재능이 순간순간 반짝인다.

극 중 주디가 제대로 된 음식 앞에 앉는 것은 딱 두 번뿐이다. 무대 위와 뒤의 풍경을 묘사하는 데 러닝타임의 대부분을 써야 하는 이유도 있었겠지만, 내겐 음식이 등장하는 장면을 주디의 특별한 경험으로 묘사하려는 영화의 의지가 담긴 대목처럼 보였다. 어느 날 공연장 밖에서 그를 기다리던 동성 커플 팬을 만난 주디는 즉흥적으로 식사를 제안한다. 늦은 밤이라 문을 연 레스토랑을 찾기 어려웠던 그들은 결국 커플의 집으로 향한다. 요리에 서툰 남자 둘과 주디는 달걀 오믈렛을 완성하느라 야단이다. 의도와 달리 조각조각 부숴진 오믈렛은 스크램블로, 결국엔 정체 모를 무언가의 형태로 완성된다. "그래도 맛있었어요. 정체가 뭐였든 간에." 감사의 인사를 전하는 주디의 표정은 진심이다.

이 장면 이전에 주디는 룸서비스로 배달된 비슷한 메뉴들을 입에도 대지 않는다. 일과 관련되지 않은 자리에서만, 무대와 촬영장이 아닌 다른 장소에서만 주디는 무언가를 먹어볼 시도라도 할 수 있는 사람이었던 것이다. 사랑하는 이들과 모여 따뜻한 음식을 나눠 먹는 일은 누군가에게는 일상이지만, 주디에게는 평생 허락되지 않은 행복이었다. 누군가의 마음이 담긴 음식 한 그릇. 그건 그날 밤 주디에게 세상에서 가장 값진 음식이었을 것이다. 곧이어 주디는 세상의 편견으로 고난을 겪어야 했던 커플의 행복을 바라며 「겟 해피(Get Happy)」를 부른다. 자신의 불행을 뒤로하고 눈앞에 있는 다른 이의 행복을 위해 노래하기를 주저하지 않았던 사람. 이 짧은 에피소드는 주디의 성정을 한순간에 담아낸다.

주디는 런던 투어를 끝까지 성공적으로 마치지 못한다. 상태는 날로 악화됐고, 툭하면 관객과 시비가 붙거나 제멋대로 굴었던 덕분이다. 그래도 함께했던 스태프들은 끝까지 주디를 배려한다. 수고했던 서로를 다독이고 헤어짐에 아쉬워하며 케이크를 준비한다. 영화에서 이 장면은 열여섯 살 주디의 실제 생일 두 달 전, 언론 보도에 맞춰 촬영 세트장에서 보여주기식 생일 파티가 열렸을 때를 떠올리게 한다. 그때도 당연히 주디는 케이크를 입에도 대지 못했다.

케이크를 바라보며 그릇을 빙빙 돌리기만 하는 주디의 눈빛에는 많은 이야기가 담겨 있다. 남들은 아무렇지도 않게 먹는 케이크 한 조각 앞에서, 주디는 자신이 지나온 인생의 무게를 느껴야 했을 것이다. 마치 자신을 배려한 것인 양 세트장에 작위적으로 놓인 케이크 앞에서 굴욕감을 참아야 했던 어린 시절을 생각했을 것이다. 케이크는 아끼는 사람들과 무언가를 기념하기 위해, 혹은 추억하기 위해 따뜻하게 둘러앉아 먹는 것이라는 본질적 의미를 씁쓸하게 떠올렸을 것이다. 다음에 케이크를 다시 마주할 일이 있다면 아이들과 함께하는 자리일 가능성은 얼마나 될까. 그릇의 테두리를 만지작거리는 손가락은 주디의 이런 심경을 대변한다.

푹푹 떠먹으면 누가 당장 달려와 혼쭐이라도 낼 것처럼 조심스레 포크로 케이크를 떠서 입에 넣어본 주디의 표정이 밝아진다. "맛있어요. 정말 맛있네요." 나는 주디의 이 표정을 오래도록 잊지 못할 것이다. 무대를 사랑하던 재능 많은 소녀의 꿈이 폭압적인 시스템에 저당잡힌 채 쓸쓸하게 빛을 잃어간 시간들도 잊지 못할 것이다. 자신을 기억해달라는 주디의 당부에 미래의 사람인 내가 할 수 있는 일이라곤, 그를 잊지 않는 것뿐이다. 그리고 타인의 고통에서 눈 돌리지 않기로. 옳지 못한 일에 함께 분노하고, 언제라도 따뜻한 달걀 오믈렛과 케이크를 주저 없이 먼저 내밀기로 결심해볼 뿐.

# 덜어내도 빛나는 진심

**카모메 식당**

오기가미 나오코, 2006

그간 정말 많은 사람을 인터뷰했다. 영화계에서 일하는 다양한 직종의 사람들, 때론 영화 밖으로 벗어나 전혀 다른 분야에 있는 이들까지 만나 이야기를 듣고 기록해왔다. 지면, 방송, 오프라인 모임의 형태 등 방식도 다양했다. 요즘 같아선 영화가 끝난 뒤 상영관 내에서 진행하는 GV 역시 하나의 짧은 인터뷰로 포함할 수 있을 것이다. 살면서 누군가를 자연스럽게 만나며 관계를 쌓아갈 수 있는 횟수는 한정적일 텐데, 직업 덕분에 폭넓게 많은 사람을 만날 수 있는 건 분명 행운이다. 명함을 판 뒤 누릴 수 있었던 몇 안 되는 특권이라고 생각한다.

지금이야 이렇게 생각하지만 처음부터 그랬던 건 아니다. 영화전문지 《스크린》 기자로 일을 시작하게 됐을 때, 나는 적잖이 당황했다. 인터뷰가 내 주요 업무가 될 거라는 생각을 해본 적이 없었기 때문이다. 밤마다 자기 전에 '왜 이게 내 일이 아니라고 생각했지? 난 대체 무슨 생각이었지?'라고 원망 섞인 자문을 던지며 이불을 발로 차곤 했다. 다시 생각해도 그 당시의 나는 너무했다. 기자가 되고 싶다는 일념 하나로 눈을 반짝이며 숱하게 읽어왔던 영화전문지에서 대체 뭘 본 거냔 말이다.

지금의 내 입장에서 최선을 다해 과거의 나를 헤아려보자면, 아마도 그때의 나는 비평과 취재의 영역을 적잖이 헷갈리고 있었던 것 같다. 특정 영화와 인물에 대한 분석이 내게 떨어지는 과제일 줄 알았지, 인터뷰의 영역에 대해서는 놀라울 정도로 아무 생각이 없었던 것이다. 모든 취재가 기본적으로 인터뷰임을 인지하지 못했던 건 지금까지도 어처구니없다고 생각하는 부분이다. 어쨌든 발등에 불은 떨어졌다. 무자비한 마감 사이클 안에서 선배들만큼의 묶은커녕 1인분도 제대로 소화하지 못하는 막내가 될 순 없었다. 최소한의 양심상 0.5인분의 몫은 해내야 했다. 사수의 트레이닝이 시작됐고, 나는 인터뷰 기사들을 공부하듯 찾아 읽기 시작했다. 독자의 입장이 아니라 후배의 자세로 다시 읽는 선배들의 인터뷰는 마냥 신기했다. 기계처럼 오가는 질문과 답이 아니라 진짜 '대화'를 나눈 기록이라는 생각이 들었기 때문이다. 질문을 던지는 사람의 태도가 글에서 느껴지는 것도 신기했다.

불행하게도 세상의 모든 배움이 온전히 내 것이 되기까지는 긴 시간이 필요하다. 배움이 전혀 소화가 안 된 상태로 처음 혼자 진행했던 모 배우와의 인터뷰는 지금 떠올려도 아찔하다. 사진 촬영 콘셉트를 잡는 것부터 스튜디오와 배우 사이의 일정 조율, 질문지 준비까지 처음 해보는 일들에 정신이 나가버릴 지경이었다. 머릿속에서는 나의 미숙함과 멍청함 때문에 벌어질 최악의 상황들이 초 단위로 펼쳐졌다. 그나마 촬영은 포토그래퍼에게 비빌 구석이라도 있었다. 본격적인 인터뷰를 위해 배우와 단둘이 마주 앉은 나는, 맙소사! 준비한 질문을 1번부터 15번까지 순서대로 읊기 시작했다. 추가 질문이라든가, 배우의 말을 귀 기울여 듣고 질문의 순서를 알맞게 바꿔본다거나, 적절한 이야깃거리를 포착해 파고든다거나 하는 융통성 따윈 내게 없었다.

대화를 나눈 지 30분도 안 돼서 준비한 질문 열다섯 개가 전부 바닥났다. 염소 같은 목소리로 "수고하셨습니다"를 힘겹게 발음하는 나를 보곤 배우가 놀라며 "벌써 끝났어요?"라고 되물었다. "네, 끝났습니다." 그때 나는 그 얘기를 하면서 웃었던가, 아니면 울었던가. 언젠가 꼭 한 번은 다시 만나 사과하고 싶었지만 이후 그 배우가 영화보다는 TV 드라마 출연에 주력하게 되면서 아직까지 재회가 성사되지 못했다. 지금까지도 매우 활발히 활동 중인 그분이 혹시라도 이 글을 보신다면 진심 어린 사과와 뒤늦은 감사를 전하고 싶다. 다른 좋은 추억들을 더 많이 기억하느라 그날 일을 깡그리 잊으셨다면…… 그건 훨씬 더 감사합니다. 그리고 사실 제가 정말 좋아해요.

"첫 인터뷰 망했어." 그날 밤, 울고 싶은 심경으로 고백했더니 친구가 뜻밖의 아이디어를 제시했다. "너란 인간은 원래 뭘 좀 잘 먹여놔야 생글생글 잘 웃으면서 긴

장도 안 하고 상대방 기분도 잘 맞춰주는데. 차라리 인터뷰를 할 때 뭐라도 좀 먹으면서 하지 그래?" 내 남자친구와 마주칠 일이 있을 때마다 "은선이가 기분이 안 좋아 보일 때는 일단 고기를 좀 먹이고 데이트를 마저 하라"는 현명한 조언으로 우리 커플의 위기를 몇 번이나 막아준 친구다웠다. 친구 얘길 듣자니 언젠가 엄마가 했던 말도 문득 떠올랐다. "너 어릴 때, 같이 어디 좀 다닐라치면 입에 꽈배기라도 하나 물려놔야 얘가 하자는 대로 움직였어."

그래. 본래 나란 인간은 어릴 때부터 먹는 것이 장기인, 배불리 잘 먹여놔야 제대로 잘 움직이는 녀석이었지. 음식을 먹으며 하는 인터뷰라. 기왕이면 내가 인터뷰이에게 어울리는 요리를 직접 만들어 나누어 먹는 건 어떨까. 이래저래 괜찮은 생각 같았지만 당장 실행에 옮기기란 아무래도 요원했다. 내게 미래를 내다보는 능력이 있었다면 좋았겠지만, 당시에는 1인 방송이라든가 '먹방'이라든가 하는 콘텐츠를 상상도 못 하던 때다. 그걸 알았다면 지금쯤 그 분야의 선구자가 됐을 텐데 분하기 그지없다. 덕분에 나는 한동안 인터뷰를 진행하기 전

애꿎은 간식과 음료 세팅에 집착하듯 열을 올렸다. 물론 본질과는 전혀 상관없는 꼼수였다. 효과는 좀 있었느냐고? 막상 인터뷰 때는 긴장돼서 쿠키 하나 집어 먹을 정신이 없었다는 슬픈 후문으로, 전하고 싶은 모든 말을 갈음하겠다.

인터뷰에 온 신경이 집중되어 있던 어느 날, 〈카모메 식당〉을 보게 됐다. 때가 때여서 그랬는지 갑자기 영화가 좀 달리 보였다. 인터뷰의 기술과 이 영화 속 메뉴가 서로 닮았다는 생각을 하게 된 것이다. 핀란드 헬싱키에 작은 가게를 연 사치에(고바야시 사토미). 그는 처음에 일본식 주먹밥인 오니기리를 가게의 대표 메뉴로 내놓는다. 헬싱키를 여행하는 일본인에게는 소울 푸드가 될 수 있을지 몰라도, 현지인들의 반응은 시큰둥하다. "요즘은 퓨전이 대세"라는 말을 듣고 오니기리에 순록 고기 같은 현지 재료를 접목해보지만, 맛만 더 아리송해질 뿐이다.

그러던 가게가 방향을 잡아가는 건 사치에가 시나몬 롤을 구워내면서부터다. 하루 일과 사이사이에 커피와 간단한 먹을거리를 즐기며 함께 소소한 대화를 나누고 휴식하는 피카(fika)가 필수인 북유럽 사람들이 사랑하는 간식이다. 버터를 바른 반죽에 설탕과 시나몬 가루를 뿌려 둘둘 말아 오븐에 구우면 완성. 단언컨대 갓 구운 빵 냄새만큼이나 사람을 단숨에 행복하게 만드는 건 세상에 별로 없다. 향긋한 시나몬 향이 사치에의 오븐에서 퍼져 나오자, 매일 이 가게를 지나치기만 했던 헬싱키 할머니들이 그제야 가게 문을 열고 들어온다.

흔하디흔한 정공법의 승부가 통했다. 잘 구워낸 시나몬롤과 커피. 단순하지만 기본을 잘 지킨 이 조합은 금세 사람들을 불러 모은다. 매일 쇼윈도를 통해 이상하리만치 가게 안을 노려보기만 했던 어느 중년 여성도 드디어 입장하고, 사치에와 친구들은 비로소 그의 비밀에 가까이 다가갈 수 있게 된다. 누군가의 마음의 문을 열고 대화를 청할 때는 나보다 상대의 기준을 먼저 파악해야 하는 법이다. 사치에가 계속해서 오니기리만 만들었다면, 이 정갈한 식당의 운명은 장담할 수 없었을 것이다.

가게의 흥망에 그다지 큰 관심이 없는 듯 안달하지 않는 사치에의 태도도 인상적이었다. 손님이 오든 말든, 사치에는 자신이 정해놓은 일과대로 수행하듯 살아간다.

수영하고, 합기도의 기본이라는 무릎 걷기를 수련하고, 자신이 있는 공간을 정갈하게 매만지며 매일을 보내는 것. 일상을 단단하게 다져가는 그 태도에는 선불리 유행을 좇거나 손님들의 마음을 얻고 싶어 애가 타는 기색이 엿보이지 않았다. 다만 자신의 가게에 처음 와준 손님인 토미(자코 니에미)에게 평생 무료 커피를 준다는 약속으로 의리를 지키고, 커피와 시나몬롤이라는 근사한 조합을 떠올렸을 땐 그에 충실하게 음식을 준비할 뿐이다. 가게를 찾은 사람들의 사연을 부러 무리하게 묻지도 않는다. 대신 누군가가 무언가를 이야기하고 싶어 하면 잘 듣고, 그에 맞는 대꾸를 한다. 단지 그것만으로도 사치에는 상대방이 처한 상황과 심경을 비교적 정확하게 파악하게 된다.

그렇다. 바로 그 모습에서 나는 하나의 해답을 찾았다. 인터뷰 장소를 카모메 식당에, 나를 사치에의 입장에, 인터뷰이들을 이 가게에 찾아오는 손님으로 대입해 생각해보기 시작했다. 누군가 다시 찾고 싶은, 혹은 좋은 기억을 안겨주는 '인터뷰 맛집'은 어떻게 되는가. 일단 내가 견지하고 싶은 태도부터 다시 생각했다. 다행히 비교적 명확했다. 인터뷰이 그리고 인터뷰와 촬영을 위해 모인 모두를 존중하자. 화젯거리를 위해 앞에 앉은 사람을 다치게 하는 질문은 하지 말자. 물으나 마나 한 질문은 하지 말자. 그리고 무엇보다, 잘 듣자.

얼마나 잘 지켜졌는지 스스로 평가할 순 없으나, 이건 지금까지도 지키려고 노력하는 점들이다. 성실히 준비해서 질문하되 내가 당신에 대해 이만큼 잘 알고 왔다는 과시도 하지 말고, 기필코 깊은 인상을 남기겠다고 아등바등 굴지도 말고, 그저 잘 듣고 적절하게 반응하자는 것. 그리고 당사자의 의도가 달라지지 않도록 주의하면서 그 말들을 잘 다듬어 기록하자는 것. 그건 일을 떠나 사람이 다른 사람을 만날 때 기본적으로 지켜야 할 자세이기도 하다.

이후 나도 모르는 사이 나의 태도가 실제로 조금씩 달라졌다. 이전에는 잘되지 않았거나 방법을 몰라 허둥지둥했었던 행동들이 지금은 아주 자연스럽게 배어나오는 것을 실감하게 될 때가 있다. 인터뷰이로 처음 만난 사람들과 좋은 관계를 지속하게 되는 경우가 많아졌고, 누

KAMOME

구와 어떤 대화를 나누든 즐거워졌다. 그렇게 만난 사람들로부터 긍정적 피드백도 받게 됐다. 좋은 영화를 봤을 때, 이 작품에 참여한 이들에게 던지고 싶은 질문이 다양하게 떠오른다. 처음 만나는 인터뷰이를 대할 때 느끼는 긴장도 고통보다는 즐거운 스릴에 가깝다. 그걸 실감할 때마다, 그래도 그동안 영 엉망으로만 일해오진 않았나 보다 하는 생각에 소박한 기쁨을 느낀다. 이전에는 그저 커피를 내렸다면, 지금은 사치에가 커피를 만들기 전 주문처럼 외는 '코피 루악'의 비밀을 아주 조금 알게 된 기분이랄까.

여전히 내게 시나몬롤과 커피는 누군가와의 대화를 열어주는 작은 열쇠처럼 느껴진다. 당신의 이야기는 무엇인가요. 지금도 인터뷰를 하기 전, 마음 안에 향긋한 시나몬롤과 따뜻한 커피를 내려놓고 나와 마주 앉은 사람이 들려줄 영화와 인생 이야기를 조용히 기다리는 내 모습을 상상한다. 언젠가는 실제로 따뜻하고 작은 공간 하나를 차릴 수 있을까? 그곳에서 직접 빵을 굽고 커피를 내리며 손님들과 시시콜콜하면서도 따뜻한 이야기를 도란도란 나누는 것. 가슴에 콕 박혀 있는 작은 꿈이다.

## | 수록 영화 정보 |

**• 줄리 & 줄리아(2009)**
감독 노라 에프론
출연 메릴 스트립, 에이미 애덤스, 스탠리 투치, 크리스 메시나, 린다 에몬드 외
제작 콜럼비아 픽처스 코포레이션
수입·배급 한국소니픽쳐스릴리징브에나비스타영화㈜

**• 리틀 포레스트(2018)**
감독 임순례
출연 김태리, 류준열, 문소리, 진기주 외
제작 ㈜영화사 수박
배급·제공 메가박스㈜플러스엠

**• 조제, 호랑이 그리고 물고기들(2003)**
감독 이누도 잇신
출연 츠마부키 사토시, 이케와키 치즈루, 우에노 주리 외
제작 아스믹에이스엔터테인먼트
배급 ㈜디스테이션, ㈜프레인글로벌, ㈜스폰지이엔티

**• 와일드(2014)**
감독 장 마크 발레
출연 리즈 위더스푼, 로라 던, 토머스 새도스키, 개비 호프만, 미치엘 휘즈먼 외
수입·배급 이십세기폭스코리아㈜

**• 바베트의 만찬(1987)**
감독 가브리엘 액셀
출연 스테판 오드랑, 애스타 에스퍼 앤더슨, 기타 뇌르비, 비비 안데르손 외
제작 데트 단스케 필름인스튜트
수입 남아진흥

**• 패딩턴(2014)**
감독 폴 킹
출연 벤 휘쇼, 니콜 키드먼, 샐리 호킨스, 휴 보네빌, 사무엘 조슬린, 매들린 해리스, 줄리 월터스 외
배급 ㈜이수C&E
수입 ㈜누리픽쳐스

**• 먹고 기도하고 사랑하라(2010)**
감독 라이언 머피
출연 줄리아 로버츠, 하비에르 바르뎀, 제임스 프랭코, 비올라 데이비스 외
제작 콜럼비아 픽처스 코포레이션
수입·배급 한국소니픽쳐스릴리징브에나비스타영화㈜

**• 시선 사이**
**–우리에겐 떡볶이를 먹을 권리가 있다(2015)**
감독 최익환
출연 박지수, 정예녹, 박진수
제작 국가인권위원회 ㈜루스이소니도스
배급 ㈜영화사 진진

**• 플레전트빌(1998)**
감독 게리 로스
출연 토비 맥과이어, 제프 다니엘스, 조앤 알렌, 리즈 위더스푼 외
제작 뉴라인 시네마, 라저 댄 라이프 프로덕션
수입 동우영상

**• 사랑의 블랙홀(1993)**
감독 해럴드 래미스
출연 빌 머레이, 앤디 맥도웰, 크리스 엘리엇 외
제작 콜럼비아 픽처스 코포레이션
수입 콜럼비아트라이스타㈜

**• 펄프 픽션(1994)**
감독 쿠엔틴 타란티노
출연 존 트라볼타, 사무엘 L. 잭슨, 우마 서먼, 하비 케이틀, 팀 로스, 아만다 플러머, 브루스 윌리스 외
제작 미라맥스 필름즈
수입 미라신코리아
배급 브에나비스타 인터내셔널, 미라맥스

**• 시애틀의 잠 못 이루는 밤(1993)**
감독 노라 에프론
출연 톰 행크스, 멕 라이언, 빌 풀먼, 로지 오도넬 외
제작 트라이스타 픽처스
수입 ㈜영화사오원, 콜럼비아트라이스타㈜
배급 ㈜디스테이션

**• 우리들(2015)**
감독 윤가은
출연 최수인, 설혜인, 이서연, 강민준, 김채연, 장혜진 외
제작 ㈜아토
배급 ㈜엣나인필름
제공 필라멘트픽쳐스

**• 우리집(2019)**
감독 윤가은
출연 김나연, 김시아, 주예림, 안지호, 최정인 외
제작 ㈜아토
배급 롯데컬처웍스㈜롯데엔터테인먼트
제공 롯데시네마 아르떼

• **에드 우드**(1994)
감독 팀 버튼
출연 조니 뎁, 마틴 랜도, 사라 제시카 파커, 패트리샤 아퀘트, 제프리 존스, 빌 머레이 외
제작 터치스톤 픽처스
배급 브에나 비스타 픽쳐스

• **데몰리션**(2015)
감독 장 마크 발레
출연 제이크 질렌할, 나오미 와츠, 크리스 쿠퍼 외
수입 ㈜메인타이틀픽쳐스
배급 ㈜리틀빅픽처스

• **걸어도 걸어도**(2008)
감독 고레에다 히로카즈
출연 아베 히로시, 나츠카와 유이, 유, 키키 키린, 하라다 요시오 외
수입·배급 ㈜영화사 진진

• **가장 따뜻한 색, 블루**(2013)
감독 압델라티프 케시시
출연 레아 세이두, 아델 에그자르코풀로스 외
수입·배급 판씨네마㈜

• **팬텀 스레드**(2017)
감독 폴 토마스 앤더슨
출연 다니엘 데이 루이스, 비키 크리프스, 레슬리 맨빌, 카밀라 루더포드 외
수입·배급 유니버설픽쳐스인터내셔널코리아
제공 UPI KOREA

• **타오르는 여인의 초상**(2019)
감독 셀린 시아마
출연 아델 에넬, 노에미 메를랑, 루아나 바야미 외
수입 그린나래미디어(주)
배급 그린나래미디어(주), ㈜홈초이스
제공 ㈜홈초이스

• **봄날은 간다**(2001)
감독 허진호
출연 유지태, 이영애, 백성희, 박인환, 신신애 외
제작 ㈜싸이더스, 싸이더스 우노 필름
배급 ㈜시네마서비스

• **무뢰한**(2014)
감독 오승욱
출연 전도연, 김남길, 박성웅, 곽도원, 김민재, 강태영, 박지환, 최영도, 하지은 외
제작 ㈜사나이픽처스
배급·제공 CGV아트하우스

• **신경쇠약 직전의 여자**(1988)
감독 페드로 알모도바르
출연 카르멘 마우라, 안토니오 반데라스, 줄리에타 세라노, 로시 데 팔마, 마리아 바랑코, 키티 맨버, 페르난도 길리언 쿠에르보 외
제작 로렌필름, 엘 데세오 S.A.
수입·배급 ㈜홈초이스

• **귀향**(2006)
감독 페드로 알모도바르
출연 페넬로페 크루즈, 카르멘 마우라, 롤라 두에냐스, 블랑카 포르틸로, 요하나 코보, 커스 램브리스 외
제작 까날 플러스
수입·배급 ㈜홈초이스

• **연애의 온도**(2012)
감독 노덕
출연 이민기, 김민희, 최무성, 라미란, 하연수, 김강현, 박병은 외
제작 ㈜뱅가드스튜디오
배급·제공 롯데쇼핑(주)롯데엔터테인먼트

• **시간을 달리는 소녀**(2006)
감독 호소다 마모루
출연 나카 리이사, 이시다 타쿠야, 이타쿠라 미츠타카, 카키우치 아야미, 타니무라 미츠키, 하라 사치에, 세키도 유키, 요코하리 시오리 외
제작 매드하우스
수입 ㈜얼리버드픽쳐스, ㈜에이원엔터테인먼트, 씨제이엔터테인먼트
배급 ㈜얼리버드픽쳐스, THE 픽쳐스, 씨제이엔터테인먼트

• **주디**(2019)
감독 루퍼트 굴드
출연 르네 젤위거, 제시 버클리, 핀 위트록, 루퍼스 스웰, 마이클 갬본, 벨라 램지 외
수입·제공 ㈜퍼스트런
배급 TCO㈜더콘텐츠온

• **카모메 식당**(2006)
감독 오기가미 나오코
출연 고바야시 사토미, 카타기리 하이리, 타르자 마르쿠스, 모타이 마사코, 마르쿠 펠톨라, 자코 니에미 외
수입·배급 ㈜엔케이컨텐츠, 스폰지

**착해지는 기분이 들어**

**1판 1쇄 인쇄** 2021년 3월 10일
**1판 1쇄 발행** 2021년 3월 17일

**지은이** 이은선
**펴낸이** 김영곤 **펴낸곳** 아르테
**아르테사업본부 본부장** 장현주
**편집** 김지현 이정미
**문학팀** 김유진 김연수 원보람 **디자인** 오혜진
**마케팅팀** 김익겸 정유진 김현아 진승빈
**영업팀** 한충희 김한성 오서영
**제작팀** 이영민 권경민

**출판등록** 2000년 5월 6일 제406-2003-061호
**주소** (10881) 경기도 파주시 회동길 201 (문발동)
**대표전화** 031-955-2100 **팩스** 031-955-2151 **이메일** book21@book21.co.kr

아르테는 ㈜북이십일의 문학 브랜드입니다.

ISBN 978-89-509-9419-8 03180

· 책값은 뒤표지에 있습니다.
· 이 책 내용의 일부 또는 전부를 재사용하려면 반드시 ㈜북이십일의 동의를 얻어야 합니다.
· 잘못 만들어진 책은 구입하신 서점에서 교환해드립니다.
· 이 책에 사용된 저작물 중 일부는 저작권자에게 연락이 닿지 않아 정식 협의 절차를 진행하지 못했습니다. 추후라도 연락 주시면 저작권 협의 후 합당한 조치를 취하겠습니다.